Dias que não esqueci

Santiago H. Amigorena

Dias que não esqueci

tradução
Julia da Rosa Simões

todavia

I

Ele abre a janela e pensa em pular. Pensa nos cinco andares que o separam do solo: uma queda de quinze metros em poucos segundos. Ouve o barulho seco, sem eco, de seu corpo sobre os paralelepípedos do pátio.

Um último olhar para a frente. É fim do outono: o ar está fresco, o céu está cinza.

Ele fecha os olhos e vê seu corpo depois da queda e antes que a vida o abandone. Vê o estrago, os ferimentos. Vê seus braços deslocados, suas pernas deslocadas. Vê seus joelhos explodindo. Vê as articulações cedendo, os ossos se desencaixando, quebrando, atravessando a pele. Vê seu rosto sem vida. Vê seu cérebro se soltando do crânio e se espalhando pelo solo.

Ele abre os olhos e pensa que, quando seu corpo tiver percorrido os cinco andares que o separam do solo, tudo que nele era duro estará mole, tudo que era rígido estará flexível, tudo que era articulado estará desarticulado. Pensa que por um tempo muito curto tudo estará solto — e dolorido.

Ele gostaria de se machucar. Gostaria de se machucar para sentir dor. Gostaria de sentir a dor da carne. Gostaria que o corpo fosse o lugar da dor. Gostaria de uma dor que fosse de verdade, uma dor sem pensamentos: somente dor.

De pé na frente da janela, volta a fechar os olhos para pular, mas vê os filhos olhando para ele. Com os olhos fechados, vê os filhos olhando para ele e pensa que há dois meses lhes inflige sua dor. Pensa neles depois de sua morte. Pensa que eles não merecem essa provação. Pensa que não merecem nem essa provação nem a dor que há dois meses inflige a eles. Com os olhos ainda fechados, vê o olhar triste do filho mais velho, que do alto de seus quatro anos o entende. E vê o olhar zangado do filho mais novo — que do alto de seus três anos não quer entendê-lo. De pé na frente da janela, pensa nas risadas de quando eles esquecem suas lágrimas. Pensa na capacidade que têm de passar, de uma hora para outra, da maior tristeza à maior alegria. Pensa em seus olhares, que podem expressar tanto sofrimento e de repente, com grande rapidez, tanto júbilo. Pensa em seus olhares límpidos, abertos, confiantes.

E pensa no olhar dela, que era tão sincero — e que ainda é tão doce.

Pensa em todos esses anos em que o amor, esse mesmo amor que, talvez, como ela diz, porque mais fraco, porque mais triste, a jogou nos braços de outro homem — pensa em todos esses anos em que o amor deles os tornou tão amáveis. Pensa nela e se lembra de como eles eram doces: doces um com o outro, doces com os filhos. Pensa que nunca conseguirá entender como, daquela doçura extrema, eles puderam chegar à violência extrema que agora preenche seus dias. A doçura era imensa; a violência também o é.

De pé na frente da janela, com os olhos ainda fechados, ele pensa que o carinho desapareceu para sempre de suas vidas. Pensa que, não importa o que aconteça, não conseguirá perdoá-la pelo que ela fez. Pensa que não a culpa tanto pelo mal que causou a ele quanto pelo mal imperdoável que causou aos filhos.

Ele abre os olhos e olha de novo para o vazio doloroso que se abre à sua frente. Pensa que está enganado: pensa que foi somente a ele que ela de fato causou mal — e que ele, incapaz de esconder seu sofrimento, é que causou mal aos filhos. Pensa que está errado, pensa que se enganou, e que estar certo ou errado não tem mais nenhuma importância. Pensa que tudo acabou. Tem certeza de que tudo acabou. Pensa que a doçura do amor deles não foi feita para este mundo. Pensa que a doçura dos filhos não foi feita para esta realidade.

Ele pensa, e nunca imaginou que pudesse chegar a ponto de pensar isso, que é normal, quando a pessoa se mata, também matar os filhos.

2

Ele afasta esses pensamentos sombrios com mil pensamentos doces: as últimas férias de verão na praia, o último Natal na montanha, a última vez que levaram juntos as crianças à escola, a última vez que suas mãos se perderam nos cabelos dela. Pensa em seu olhar, aquele olhar tão singular que o deixa louco, aquele olhar em que se misturam a maior doçura, a maior ternura e a maior inocência. Pensa naquele olhar que desaparecera de seus olhos havia dois meses e que voltou, por alguns dias, na semana passada. Pensa que naquele olhar, o mais doce, o mais terno, o mais inocente, por vezes também aflora a maior perversidade. Pensa no olhar da semana passada e lembra de seu sexo louco de desejo, como se ele tivesse quinze anos de novo. Pensa que há poucos dias acreditou, mais uma vez, que tudo era possível, que tudo poderia recomeçar. Pensa que, mais uma vez, se enganou.

E pensa de novo nos filhos: pensa em suas corridas, em suas risadas. Pensa nos filhos brincando nas Tulherias, pensa nos filhos pulando de manhã em sua cama. Pensa nos filhos e percebe, de repente, que eles não são nem doces demais nem frágeis demais para sobreviver a ele, mas fortes e belos: inegáveis — como somente as crianças são.

Pensa em seu amor por eles, nesse amor absoluto, intraduzível — nesse amor que não se pode trair. Pensa em todas as coisas que a vida lhe deu e que, como ele acreditou durante os anos em que esteve casado, deviam nunca mais fazê-lo pensar que seria mais doce morrer do que viver.

Pensa em todas essas coisas doces, em todos esses anos doces, nos doces nascimentos, nos doces primeiros meses de cada filho. Pensa em todas essas coisas doces, e elas não são suficientes. Basta ele olhar para a janela aberta para ter uma única vontade: pular no vazio. Dar fim, com uma dor definitiva, às mil dores que se agitam em seu coração em chamas.

3

Ele tem vontade de morrer. Nada mais. Nem vontade de vê-la. Nem vontade de entender. Nem vontade de não entender. Nem vontade. Vontade de morrer. Vontade de deixar de ser.

4

Mais uma vez, como tantas outras, em vez de pular, pegou a caneta, pegou o caderno. Mais uma vez, como quando tinha vinte anos, como quando tinha trinta anos, escreveu o que poderia ter feito: em vez de simplesmente morrer, escreveu seu desejo de estar morto. Mais uma vez, a escrita o afastou da vida — ou do fim da vida.

Mais uma vez, como tantas outras, pensou em acabar com tudo, sentiu vontade de acabar com tudo, e teve a força — ou a fraqueza — de escrevê-lo.

Mais uma vez, como tantas outras, sem ser essa a sua intenção, a escrita lhe salvou a vida.

A escrita tem esse estranho privilégio: ela nos afasta da vida quando é muito viva, exatamente da mesma forma que nos afasta dela quando é muito mórbida.

Ele não deixará de escrever. A escrita é o sofrimento que lhe permite não morrer de todos os outros sofrimentos. Nele, a escrita nada acalma: um sofrimento é apenas substituído por outro sofrimento.

E, de sofrimento em sofrimento, ele não deixa de viver, ele não deixa de morrer.

5

Sozinho diante da janela, não mais de pé, mas sentado na cama, com a caneta na mão, o caderno na mão, o olhar vazio, ele pensa que nunca deixará de escrever — mas ainda quer morrer.

6

A escrita é um suicídio constante. Ele se lembra dessa frase lida anos atrás. É verdade. Mas o outro suicídio, aquele que é único, que só acontece uma vez, também é possível.

Agora ele sabe: essas duas mortes não são incompatíveis. Um dia, poderá se matar — e se matar. Morrer — e morrer.

Ele não esquece. Não esquecerá. A partir desse dia, nunca mais esquecerá.

7

Ele pensa: O que dizer aos filhos? Que amá-la sozinho não basta? Que seu amor não consegue retê-la? Que seu amor não sabe retê-la? Que se ela os abandona, os que ainda ama, os que sempre amará, é somente porque precisa abandoná-lo — a ele, que ela não ama mais?

O que dizer aos filhos? Que, assim como seu amor por ela não é suficientemente forte para retê-la sem seu amor por ele, seu amor por eles não é suficiente para que suas vidas de crianças continuem as mesmas, igualmente simples, igualmente felizes? Que, sem ela, ele não é mais nada? Que esse pai que era tudo não é mais capaz sequer de recobrar a mínima força que lhe permita esconder seu desespero? Que lhe permita mentir, para que eles ao menos ainda recebam seu amor, seu amor que continua o mesmo e que ele deveria dar com a mesma simplicidade de antes?

O que ele poderia dizer aos filhos? Que a tristeza não é mais forte que a alegria, que ela não dura mais tempo? Que eles verão isso com os próprios olhos? Que o caminho ainda é longo? Que a vida lhes mostrará? O que dizer aos quatro anos do filho mais velho, aos três anos do mais novo?

Desde já deve dizer-lhes que suas vidas serão feitas, também, de sofrimento?

8

Quarta-feira, cinco horas da tarde

Vou embora. Deixo-a com seu novo amor. Não aguento mais olhar para você. Não aguento mais olhar para mim. Não aguento mais olhar para nossos filhos e pensar que os verei perder a onipotência conferida por nosso amor, que os verei sofrer como eu mesmo sofri depois que meus pais se separaram.

Vou embora. Só me ligue se for para dizer as três palavras que quero ouvi-la dizer: O pesadelo acabou.

9

Ele se afastou de vez da janela e saiu do quarto. Foi ao quarto dos filhos. Despediu-se. Disse que estava indo embora. Disse que não estaria em casa por algum tempo. Disse que ligaria para eles. Disse que não estaria ali, mas que estaria sempre ali. Disse que ligaria para eles. De novo. Disse que estava indo embora, disse que não estaria ali, mas que estaria sempre ali, disse que ligaria para eles.

Não disse que não sabia se não estaria ali por alguns dias ou por alguns meses. Não disse que não sabia se voltaria.

O mais novo o beijou e voltou a brincar. O mais velho também o beijou, mas não voltou a brincar. O mais velho não falou. Sem uma palavra, seus olhos lhe disseram: Não vá. Não me deixe. Não me deixe também. Não me deixe como ela deixou você.

Ele olhou para o filho mais velho. Pegou-o no colo. Apertou-o em seus braços. Não podia lhe dizer. Não sabia como lhe dizer. Não sabia como lhe dizer aquilo. Não podia responder às suas perguntas, não podia tranquilizar seus temores: havia semanas, todas as perguntas lhe pareciam sem resposta, nenhum medo podia ser apaziguado.

Sem uma palavra, abraçou-o. De novo. Sem uma palavra, colocou-o no chão. Sem uma palavra, virou-se para não chorar.

10

E bem na hora em que ele estava indo embora, bem na hora em que ele não apenas deixava sua casa como sua vida inteira para talvez nunca mais voltar, ela chegou. A história havia começado dois meses antes. Um dia, ela insistira para levar os filhos à escola. Ele tinha ficado em casa. De repente, o telefone tocou. Ele atendeu. Era ela. Não, não era ela. Era seu celular. Era seu celular, que, sozinho, ligara para o telefone fixo da casa. Ele disse alô. Falou alto para que ela ouvisse. Ele não tinha celular e não era a primeira vez que o telefone dela ligava assim, involuntariamente, ou melhor, por sua própria vontade de máquina, para o telefone fixo da casa. Ele ouviu o início da conversa sem querer, também como uma máquina. Ela falava com um homem. Discutiam, juntos, a conversa que ele tivera com ela na véspera. Uma possível viagem de fim de semana, a filmagem de um comercial à qual ele talvez a acompanhasse, ou talvez não a acompanhasse. A cumplicidade era evidente; a intimidade, insuportável.

Ele havia desligado e imediatamente ligado para ela. Estava furioso. Estava desesperado. Estava furioso e desesperado, mas muito mais desesperado que furioso. Obrigara-a a confessar com quem estava: um ator do último filme em que ela havia trabalhado.

Ele pedira que ela voltasse. Depois ordenara que voltasse. Depois suplicara que voltasse. E ela não voltara. Ele tinha chorado de raiva, de raiva impotente até a noite. E quando ela afinal voltara, simplesmente lhe disse: sim, ele é meu amante.

A história havia continuado: fazia semanas e semanas que a vida deles não passava de uma teia de mentiras e dor.

Várias vezes, ela lhe dissera que estava tudo acabado: que a história tinha acabado. Várias vezes ela lhe dissera que estava tudo acabado: que a história deles tinha acabado. Várias vezes, ele acreditara. Várias vezes, reencontrara seu olhar. Várias vezes, reencontrara seu amor. Mas nunca acabava. As histórias, às vezes, nunca acabam. Uma nova mentira, uma nova dor: como na véspera, quando ela não voltara para casa, quando desaparecera de novo.

Ele estava doente. Com febre. E ela havia desaparecido por um dia e uma noite inteiros. E agora, sem uma palavra, voltava para casa.

Ele fez as crianças saírem do quarto e disse que estava indo embora, que a deixava com seu novo amor. Disse que só voltaria quando ela lhe dissesse que queria que ele voltasse. Que só voltaria se um dia ela lhe dissesse que queria que ele voltasse.

Ela baixou os olhos. Disse que não queria que ele fosse embora. Disse que não queria que ele ficasse. Disse que ainda o amava. Disse que ainda amava o outro também. Disse que eles veriam. Disse que precisava de tempo. Disse que o tempo, talvez, que talvez o tempo... Ela falou, falou, e depois parou de falar. Beijou-o. Acariciou-o. Masturbou-o demoradamente. Como se quisesse que ele fosse embora, mas não muito.

Ele não entendeu, mas se deixou levar. Gozou. Ele a amou. De novo e de novo. Ele a amou e amou. Amou-a como nunca. Amou-a como sempre. Amou-a para sempre.

Como o gozo pode ser triste, desesperado.

Ela olhou para ele. Não disse mais nada. Não se moveu. Não havia nenhuma promessa em seu olhar. Apenas dúvidas: hesitações.

Então ele foi embora.
Saiu do apartamento. Caminhou. Pegou o metrô. Pegou o trem.
Foi embora sozinho para a Itália.

II

Quinta-feira, seis horas da manhã

Estou sozinho no trem. Está frio. Peguei no sono às oito da noite. Acordei às cinco e meia da manhã. É a última vez que pego o trem noturno. Nunca mais faço essa viagem que fizemos duas vezes juntos. Nunca mais pego este trem noturno que marcou o início de nosso amor — e que também foi o funesto augúrio de seu fim. Nunca mais. Nem sozinho. Nem com você. Nem com as crianças. Nem com ninguém.

A primeira viagem para Veneza. Mal nos conhecíamos e sugeri que você me desse dois dias de sua vida. Você aceitou. Sua confiança era absoluta. Eu não disse mais nada. Apenas marquei um encontro no café da Gare de Lyon. No trem, você me confessou que era seu aniversário. Estava fazendo vinte e cinco anos. Contou-me como, quando adolescente, numa viagem para a Itália com seus pais, você se recusara a visitar Veneza em família: queria esperar para visitá-la com o homem da sua vida. Palavras suas. Inocentes. Doces. Amorosas. Como as palavras às vezes são. Em Veneza, passeamos embriagados pelas ruelas escuras. Exploramos mil becos sem saída onde estávamos sempre nos perdendo, onde estávamos sempre nos encontrando. Entramos em mil pátios, minúsculos e confusos, onde fizemos amor como se o mundo não existisse. De dia, contemplávamos a Conversa sagrada *na San Zaccaria, a* Assunção *na Dei Frari. Queríamos mais o silêncio majestoso de Bellini do que os mil anjos murmurantes de Ticiano. À noite, fazíamos amor em todos os lugares, até na cama. O dia e a noite se pareciam. Quase não havia diferença entre fazer amor e contemplar aqueles quadros. Éramos tão próximos, tão reais, tão nós mesmos quando olhávamos juntos para os quadros como quando nossos corpos se falavam sozinhos à noite.*

Depois a última viagem, quatro anos mais tarde. Os meninos tinham um e dois anos. Estávamos exaustos e decidimos voltar a Veneza em busca do fogo do início de nosso amor. Como se a SNCF fosse cúmplice da passagem do tempo e tivesse decidido erguer obstáculos ao nosso desejo de nos reencontrarmos, na noite em que viajamos, depois de nos despedirmos demoradamente das crianças, chegamos à Gare de Lyon na hora certa, mas não encontramos o trem em lugar algum: fazia alguns meses que os trens para Veneza não saíam mais da Gare de Lyon, mas da obscura Gare de Bercy. Com a bagagem nas mãos, corremos como loucos, percorrendo em poucos minutos as centenas de metros que separam as duas estações. Mas mesmo assim perdemos o trem. Lamentavelmente, voltamos para casa. Lamentavelmente, explicamos nosso engano às crianças. Lamentavelmente, viajamos no dia seguinte. Em Veneza, não fizemos nada. Em Veneza, não conseguimos amar nem a cidade nem os quadros. Em Veneza, não conseguimos nos amar.

Hoje, refaço sozinho a viagem para tentar descobrir com qual dessas duas lembranças nossa vida futura se parecerá. Nos últimos dois meses, você me disse várias vezes: vai passar. Nos últimos dois meses, você me disse várias vezes: preciso de tempo. Várias vezes, nos últimos dois meses, você me disse: vamos voltar, podemos recomeçar.

Já não sei o que acabou, o que ainda pode recomeçar. Já não sei se alguma coisa ainda é possível entre nós. Não consigo perdoá-la. Fiquei triste. Fiquei furioso. Senti vontade de matá-la. Senti vontade de morrer. E agora, sozinho no trem noturno, não sinto vontade de mais nada.

Não sinto vontade nem de querer alguma coisa: estou sozinho, está escuro, e espero. Espero de verdade: espero e sei que nada pode acontecer. Não espero que você me ligue. Não espero para poder ligar para você. Não espero estar longe de Paris. Não espero chegar à Itália. Não espero finalmente estar em Veneza.

Espero quando muito, unicamente, que a noite acabe.

12

A paisagem passa pela janela do trem. A noite chega lentamente ao fim. Tudo está azul: azul o céu, azuis as árvores, azuis as raras casas. Tudo está frio, gelado pela luz da aurora.

Por que essa necessidade de lhe contar aquelas coisas que ela já sabia? Por que essa necessidade de lhe descrever aqueles momentos que pertenciam ao passado em comum, do qual ela certamente se lembrava?

Ele queria que ela se lembrasse dos dias felizes. Ele queria que ela se lembrasse do quanto eles se amaram. Ele queria, mesmo não querendo mais nada, que ela se lembrasse, longe dele mas *com ele*, de sua felicidade passada.

13

O trem segue avançando. Ele não escreve mais. Olha fixamente para o caderno inútil, a caneta inútil, sua inútil mão. Desvia os olhos desses objetos — desses *três* objetos — para contemplar, pela janela, o frio da manhã.

Ele suplica, suavemente, que o sol nasça.

14

Quinta-feira, seis e meia da manhã

Como se ouvisse minhas palavras, o sol nasce pintando o leste de ocre e rosa. Quase todas as lembranças dos dois últimos meses me dizem que o futuro que nos espera — caso um futuro, qualquer que seja, nos espere em algum lugar — só pode ser semelhante à segunda viagem que fizemos para Veneza, a triste viagem em que o amor morria. Mas a simples lembrança de seu olhar, ontem, no quarto dos meninos, da maneira como ofereci meu corpo, da maneira como você me acariciou, essa simples lembrança me disse que não, que somente a primeira viagem é real, que somente a primeira viagem será semelhante à vida que nos espera depois desta nova aurora.

Tentei ler ontem à noite, mas adormeci antes de chegar ao fim da primeira página. Hoje, assim que acordei, antes de escrever estas palavras, finalmente comecei a ler seu exemplar das Cartas a Lou.

15

Ao sair, sem saber direito por quê, ele havia pegado esse livro de Apollinaire, com que a presenteara alguns meses antes. Lia-o pela primeira vez.

16

Você estava encantadora esta manhã, e da maneira mais inesperada. Em seu vestido florido, parecia um esquilo saltitando por um roseiral na Pérsia.

17

Quinta-feira, sete e meia da manhã

Minha pequena, minha rainha, meu tesouro adorado, meu lindo rato-almiscarado,

Ainda estou no trem e, como revelam esses apelidos que uso com você e que pertencem a ela, li algumas dezenas de cartas a Lou. Ler, nessas cartas, o início do imenso amor que começou em Nice, no outono, há oitenta e nove anos, me lembrou nosso outono em Nice há apenas um ano. É uma terrível vergonha, e uma dor terrível, recordar agora, com muita clareza, a maneira como meu ciúme usava as crianças para lhe pedir que voltasse logo, que viesse logo a meu encontro.

Naquele outono, como você estava trabalhando e eu ficava com os meninos no hotel, lembro-me com incrível clareza do ódio — que na verdade era apenas o ciúme que eu não conseguia expressar — com que eu a intimava a não participar daqueles jantares eternos depois das filmagens.

Nunca mais.

Nunca mais, em todo caso, calarei o ciúme. Nunca mais deixarei que ele se transforme em ódio. Nunca mais envolverei as crianças em minha dor.

Da próxima vez — se, por uma grande felicidade, houver uma próxima vez —, ligarei para algum assistente ou estagiário de direção para simplesmente dizer: informe àquela atriz magnífica

que encanta a todos que sinto falta de seu coração, que de todos os olhares que a acariciam neste exato momento é meu olhar ausente o que mais a ama, que de todos os amores que seu talento e sua beleza despertam é meu amor o que melhor a reverencia, que de todos os desejos que a carne de seu corpo atiça é meu desejo, mesmo talvez não sendo aquele que ela mais deseje, o único que lhe é e sempre será fiel, pois deseja tanto seu presente quanto seu passado, tanto seu corpo quanto sua alma.

18

O trem avança devagar. Às vezes acelera. Às vezes — mas raramente.

A história era banal. Ela era atriz. Trabalhava bastante. Ele sentia muita falta dela. No início, antes do nascimento dos filhos, ele também trabalhava bastante. Escrevia roteiros. Frequentemente viajava para escrever, ao campo, ao exterior. Quando viajava, às vezes ficava com muito ciúme. Ele, ainda agora, às vezes ficava com muito ciúme.

A história era banal. Na maioria das vezes, acompanhava-a às cidades e aos países onde seus filmes eram rodados. Os meninos eram pequenos. Acompanhava-a com eles. Acompanhá-la lhe parecia natural: os meninos queriam vê-la, ela queria ver os meninos. E ele também queria vê-la. Ficava com as crianças enquanto ela filmava; todos os dias, quando ela acabava, eles se encontravam.

A história era banal. Depois do nascimento dos filhos, ele tinha parado de escrever roteiros. Graças a ela, pudera, como sempre desejara, escrever apenas livros. Havia escrito muito em sua ausência. Retomara os milhares de cartas que lhe havia escrito antes dos nascimentos e tentara, do jeito que podia, transformá-las num livro de verdade: uma ficção na qual misturava seu amor atual a um antigo amor.

Escrevendo, pensava muito mais nela do que no antigo amor. Quando não cuidava das crianças, escrevia e pensava em seu olhar, em seu sorriso, em sua pele. Muitas vezes, descrevendo a forma de seus seios, de sua bunda, fazendo as letras serpentearem em sua imaginação em torno de seu umbigo, cobrindo seu corpo de tinta e palavras, ficava de pau duro.

Ele escrevia, e ficava feliz de escrever. A escrita não era mais uma fonte etérea de sofrimento. A escrita não parecia mais nascer da memória e prometer a morte. Ele escrevia sobre o corpo dela sem esquecer, como antes acontecia ao escrever, de seu próprio corpo. Ele escrevia e todo o seu ser ficava à flor da pele, e todos os seus sentidos passavam por seus dedos, e o mundo inteiro ficava na ponta de sua língua: ele escrevia e a escrita o embriagava.

Para ele, para quem escrever sempre fizera mal, para quem a escrita sempre fora uma tara, aquela era uma experiência nova, uma experiência de vivificante novidade.

19

A história era banal: ela era atriz e, depois de amá-lo com exclusividade por alguns anos, depois de ter dois filhos, depois de fazer trinta anos, ela se apaixonara — profundamente — por um ator.

20

Não ouso mais lhe dizer que a amo porque coisas tão profundas de certo modo sujeitam aqueles a quem as escrevemos.

21

Quinta-feira, oito horas da manhã

Verona. Vicenza. Pádua. A alegria de estar na Itália (ainda estou dentro de um trem na Itália) já muda meu humor. Fui feito para este país. Este país foi feito para mim. Quando eu me encontrar com Daniel em Veneza, vou sugerir irmos até Roma. Vou sugerir irmos até Roma de carro e pararmos em cada pequeno vilarejo para ver se a Itália que conhecemos há vinte anos — aquela das caminhadas de seis horas, dos sorvetes e das pizzas nos corsi *e nas* piazze *— ainda existe.*

Como a vida é estranha! Voltei a ter desejos. Mas como poderia ser diferente? Se é verdade que você ainda não me ligou para dizer as três únicas palavras que sonho ouvi-la dizer, também é verdade que o sol nasceu, que estou chegando a Veneza e que, se a noite profunda que dura há dois meses parece não ter acabado, ao menos a noite fria passada sozinho neste monstro de aço sim.

22

Ele chegou à Itália. Desceu do trem em Santa Lucia. Saiu da estação. Caminhou por Veneza. Passeou pela cidade, medindo com seus passos o tempo que o separava de sua última visita. Veneza não havia mudado. Veneza nunca muda. Veneza não pode mudar: ela é sempre o labirinto sem fim que um tempo puro — ao qual o homem parece não ter acesso — construiu na laguna.

Ele caminhou por Veneza, mas não parou nem na Dei Frari, nem na San Zaccaria, nem na San Giorgio degli Schiavoni. Não queria rever todos aqueles quadros sobre os quais os olhos deles tinham pousado juntos, formando um único olhar.

Caminhou até o anoitecer. Caminhou sem pensar. Caminhou como sempre se caminha quando não se espera mais nada dos próprios passos. Caminhou como sempre se caminha quando o caminho é familiar e quando se sabe que ele não leva a lugar algum. Caminhou como tantas vezes caminhara por Veneza antes de conhecê-la: sozinho, indeciso, desnorteado.

Ao cair da noite, encontrou-se com o amigo Daniel no cais Zattere.

23

Quinta-feira, dez e meia da noite

Acabo de me dar conta de que desde que cheguei à Itália a bola de ferro e enxofre que estava em meu ventre nos últimos meses desapareceu. Mas sei que o pesadelo não acabou. Às vezes penso — com frequência, subitamente, a contragosto — nas palavras que li em sua caderneta preta, as palavras apaixonadas que você escreveu a ele, as palavras tão parecidas com as que você me escrevia há alguns anos. Você falava da pele dele, do corpo dele, do cheiro dele com a mesma paixão com que falara, havia alguns anos, do meu corpo, da minha *pele, do* meu *cheiro.*

Você o ama como me amou: como se o amor anterior nunca tivesse existido.

Escrevo e sofro de novo. Mas a dor está cheia de esperança. Você me ligou. Você me explicou, mais uma vez, o que queria. E dessa vez acreditei, e dessa vez acredito: se tudo isso, se essa "crise", como você diz, fosse superada, ela abriria uma nova etapa, mais profunda, mais complexa, de nosso amor.

Pouco depois do telefonema, falei com Daniel. Ele tentou me distrair falando de política. Disse que uma das perversidades do capitalismo é nos fazer acreditar que as coisas não deveriam mudar, mas se acumular. Sempre mais, mas nunca melhor. A velha questão da quantidade e da qualidade. Tenho dificuldade de pensá-la em termos políticos. Para poder condenar a triste evolução de nosso modo de vida, é preciso aceitar que podemos concordar quanto à quantidade e que sempre estaremos em desacordo quanto à qualidade. E eu sempre tentei voltar a um tipo de pensamento simples em que a qualidade é sempre determinada e a quantidade é sempre indefinida. Sempre pensei que o dia nunca tinha o mesmo número de horas, mas que o que é belo é belo para todos — e para sempre. Sempre tentei, por mais inatingível que isso seja para mim, me ater a algumas certezas a respeito do belo, da verdade e do bem.

Num casal, o amor — filho da pobreza e da abundância, sentimento que, para os Antigos, só existe quando traz necessidade e plenitude — nunca deveria mudar, ele deveria apenas — respeitando sua natureza dupla — aumentar, ser aumentado.

24

Ela ligara para ele. Ligara para ter certeza de que ele estava longe? Ligara porque temia por ele? Porque sabia como ele desejara morrer? Ou ligara porque ainda não queria perdê-lo totalmente?

Ele não se havia feito essas perguntas. Não tinha tentado entender seu gesto. Não quisera ver naquilo nada além de um sinal feliz: o som de sua voz, mais que suas palavras, por um momento o enchera de alegria.

25

Estas não são palavras vazias porque nunca escrevi isso a nenhuma mulher e porque até agora mesmo quando eu pensava amar eu conservava muito de mim mesmo e porque mesmo quando pensei sofrer desejei acima de tudo o rápido fim de meu sofrimento, ao passo que hoje peço que ele dure tanto quanto a vida.

26

Sexta-feira, onze horas da manhã

Desde ontem à noite, faço sozinho coisas que fiz com você. Toda uma série de coisas (tomar café no Campo Santa Margherita, ver a Conversa sagrada *na San Zaccaria, caminhar até a exaustão pelas ruas familiares e sempre novas de Castello, tomar um aperitivo no balcão do Florian, jantar perto do Ghetto, no Andrea) que gostei de fazer com você e que sem você me parecem vazias, inúteis.*

Não sei o que poderia me fazer gostar de novo, sem você, de todas essas coisas de que gostei com você. Não sei o que poderia me fazer realmente gostar delas de novo, da forma que gostei antes de você: como se elas só pertencessem a mim. Você se tornou uma parte de mim. Uma parte inseparável de meu ser. Você não é apenas uma parte de mim como meus braços ou minhas pernas: sem meus braços, sem minhas pernas, eu ainda seria eu mesmo. Não, você é como a metade de minhas células ou como minha cabeça ou como meu corpo: você é uma parte constitutiva do meu ser.

Sem você, sou um corpo sem cabeça, uma cabeça sem corpo. Não, pior que isso: uma cabeça sozinha, um corpo sozinho, apenas pensando ou sentindo, ainda poderia viver. Sou uma cabeça que sabe que seu corpo está festejando longe dela, sou um corpo que sabe que sua cabeça ri e chora — e ama — em sua ausência.

Sem você, não sou mais eu mesmo. Sem você, não sou mais ninguém. Simples assim.

27

Às vezes, lembrava-se de seu corpo de grávida. Lembrava-se de seus seios cheios de ternura e mel. Lembrava-se de suas curvas e de seus pesos, de suas massas inertes de frutas maduras, de suas gratas plenitudes, de suas generosas abundâncias. Lembrava-se — e sabia a que ponto divagava — de si e dos filhos, *os três*, amando-os com o mesmo amor lactívoro.

Ela voltara a engravidar pouco depois do nascimento do primeiro filho. Com um bebê nos braços e outro na barriga, havia se transformado para ele numa galáxia láctea, uma galáxia láctea diferente da nossa, uma galáxia cuja leitosa benevolência parecia poder nutrir o universo inteiro.

E então o segundo filho nascera, alguns meses se passaram e a radiante luminosidade de seus milhares de estrelas declinara: uma sombra desconhecida tinha surgido em seus olhos. Uma sombra dolorosa da qual ele não soubera falar. Uma sombra dolorosa que ele não pudera compreender nem deixar de compreender: uma sombra dolorosa cujas dolorosas trevas ele não pudera compartilhar.

28

Sexta-feira, meio-dia e meia

Estou na Accademia. Passo entre o anjo e a Virgem da Anunciação. *Mal deito os olhos em santa Úrsula e suas onze mil virgens. Na sala mágica de* A tempestade, *meu olhar não sabe mais se deter nas Madonas de Bellini: ele só pode se fixar no* Col tempo *de Giorgione.*

Contemplo os olhos fixos e sucessivamente cansados e tristes e zombeteiros da velha senhora, e penso que nenhum quadro, nem hoje nem nunca mais, poderá ser realmente bonito se seus olhos não estiverem perto dos meus para contemplá-lo.

29

Ele havia dormido. Acordara cedo. Saíra do apartamento sozinho.

Tinha caminhado por Veneza de novo. Nada guiara seus passos, apenas o hábito: vagara como um velho cavalo cego, entrando em igrejas familiares, em museus familiares, detendo-se diante de quadros que não podia mais contemplar, tomando café cujo gosto lhe era indiferente, observando a arquitetura dos palacetes com um olhar insensível.

Tinha caminhado a manhã inteira. Não almoçara. Ficara sentado por um bom tempo na frente da doçura açucarada da Santa Maria dei Miracoli. Perguntara-se por que essa doçura era tão digesta comparada àquela, igualmente açucarada, do Sacré-Cœur. Perguntara-se por que Notre-Dame fica ainda mais bonita sob a chuva e Veneza, ainda mais bonita quando um raio de sol aparece ou sob um nevoeiro poeirento. Perguntara-se se o sorriso malicioso do leão do Arsenale continha a essência de Veneza da mesma maneira que um sapato pontudo continha a essência do estilo gótico. Perguntara-se coisas; não necessariamente buscara respostas.

Tinha começado a chover. Ele pensara em voltar. Somente *pensara* em voltar. Havia se levantado e continuado a vagar sob a chuva: passante entre passantes, estrangeiro entre estrangeiros, sombra entre sombras.

30

Ó figo, ó figo desejado
boca que quero colher
ferida da qual quero morrer

31

Ele tentara ler algumas cartas a Lou. Mas seus olhos pousavam nas páginas com tanta lassidão que ele só conseguia decifrar o sentido de algumas palavras: no máximo três, quatro palavras por página.

Contemplara os caligramas. Pela primeira vez, por causa do estado de cansaço extremo, percebera o que eles tinham de fundamentalmente pictórico: ele via os desenhos, tentava ler as frases, mas os desenhos inevitavelmente prevaleciam.

32

Sexta-feira, quatro horas da tarde

Saio da igreja. Pela primeira vez na vida, não entrei na Dei Frari apenas para sentir o tormento nodoso do São João de Donatello, para ser aspirado pela sinfonia vermelha e azul de Ticiano, para ser reconfortado pela doçura silenciosa de Bellini. Fui atraído por algo indefinido, que você chamaria Deus, e do qual eu precisava — como de uma testemunha, ou de um amigo.

33

Sexta-feira, nove e meia da noite

É absurdo e necessário estar longe de você.

34

A noite passada transcorreu sem sono como a anterior, mosquitos de um lado e sua graciosíssima aparição do outro. O sono não resistia a inimigos tão decididos.

35

Sábado, sete horas da manhã

Como pode ser nosso amor a partir de agora? A manhã está triste e tudo me parece acima de minhas forças.
Não tenho forças para me levantar. Não tenho forças para permanecer deitado. Não tenho forças para me vestir. Não tenho forças para amarrar os cadarços. Não tenho forças para ler. Não tenho forças para escrever.
Não tenho forças para escrever — então escrevo.
Amo você. Sei que devo desconfiar tanto de quando você me diz (como ontem à noite, ao telefone, pela quinta ou sexta vez em dois meses) que a história com ele acabou como de quando você me diz (como há três dias, em Paris) que nossa *história é que acabou.*
Por que você me disse que a história com ele havia acabado? Por que não me disse, mais diretamente, "volte"? Por que não me disse, mais diretamente, que me amava?
— Minha história com ele acabou.
Você não me disse mais nada. Sua voz ao telefone estava neutra. Seus longos silêncios me torturam ainda agora.
Como acabou a história de vocês, se é que acabou? Você o deixou? Você o deixou porque está casada comigo, porque tem dois filhos? Ou ele a deixou? Ele a deixou porque também é casado, porque também tem dois filhos? Terei de suportar a insuportável dor de estar a seu lado e vê-la sofrer por outro? Quando penso nisso, digo a mim mesmo — e sei que sou egoísta, banal, estúpido — que não

aguentaria uma coisa dessas. Digo a mim mesmo: eu não conseguiria vê-la chorar, eu não suportaria as lágrimas que ela derramaria por outro que não eu. Digo a mim mesmo: eu não saberia consolá-la. Digo a mim mesmo: eu não poderia mais amá-la.

E sei, ao mesmo tempo, que até essa dor, essa dor intolerável, será passageira. Que você sofra porque escolheu renunciar a ele ou porque ele escolheu — sozinho — dar um fim ao amor de vocês, sua dor não será eterna.

A ferida que foi feita em nosso amor é que levará muito tempo a cicatrizar.

Não sei. Não sei o que pensar, não sei o que fazer. Morro de vontade de voltar. Morro de vontade de vê-la. Morro de vontade de ver as crianças. Mas acho que você precisa de tempo. Acho que precisa começar sozinha essa nova vida. Acho que precisará aprender a ficar sozinha. Sei que nós dois precisaremos de muita solidão para que essa terrível ferida possa se fechar.

36

No sábado de manhã, ele não saíra do apartamento. Não vagara por Veneza. Não caminhara por suas ruas sempre familiares, sempre novas: não tentara se perder nem se encontrar.

De novo, ela havia lhe telefonado. Como na noite do primeiro dia, ela havia lhe telefonado na noite do segundo dia, e falara com ele, e cada palavra que poderia tê-lo reconfortado o preocupara ainda mais, cada frase que poderia ter aliviado suas dores as endurecera ainda mais, as aprofundara ainda mais.

Devido à conversa da véspera, ele quase não tinha dormido. Pegara no sono muito tarde, acordara muito cedo, e escrevera.

37

No caminho, dentro do bonde, encontrei o Petit Niçois *que eu tinha esquecido de lhe dar.*

Li uma maravilhosa página militar, o relato da Batalha do Ourcq, que salvou Paris e foi uma fase importante da Batalha do Marne. O relato é uma verdadeira obra-prima de clareza. O que foi escrito de melhor desde o início da guerra. E se ainda é possível escrever tão bem em francês, vai tudo bem. Porque as coisas se correspondem e andam juntas em todas as ordens em que elas podem nascer.

38

Sábado, nove e meia da manhã

A tristeza de sua voz ontem à noite ao telefone e a maneira como você me disse, quando perguntei como poderia ser nossa vida futura, "falaremos sobre isso" — a maneira como você me disse "falaremos sobre isso", você, que sempre quer falar de tudo imediatamente (sobretudo ao telefone) — me torturam de novo e de novo.

Você me disse: "Faremos coisas sozinhos".
É verdade que, mais do que como amantes, nós nos amamos como ímãs. É verdade que nós dois sentimos um ciúme extremo. É verdade que tanto antes quanto depois do nascimento dos meninos vivemos colados um ao outro. Mas nunca deixei de fazer coisas sozinho.
Lembro-me da primeira filmagem em que, antes do nascimento dos meninos, a segui até Barcelona. Eu adorava os longos dias de solidão absoluta naquela cidade onde não conhecia ninguém. Passava de um café a outro e lhe escrevia milhares de palavras carinhosas, que lia para você à noite quando nos encontrávamos. Claro que, à época, ainda que você ansiasse me ver depois de um dia de filmagens, o reencontro era difícil. Você transbordava de uma energia de camundongo excitado, enquanto eu era a calma em pessoa. Você queria ver gente, eu queria você só para mim. Ou você chegava ao amanhecer, depois de uma noite de trabalho, e enquanto eu sonhava com o frescor de seu corpo se colando a meu corpo morno na cama vazia, você me pedia que levantasse e saísse do hotel para tomar o café da manhã na rua.

Você se lembra do restaurante onde jantamos em seu aniversário? Você se lembra da festa na praia para a qual conseguiu me arrastar e me fazer crer que éramos dois monstros acéfalos na areia prateada? Você se lembra de ter sido uma lápita e eu um centauro e de que o tempo não existia?

Agora, já que você quer, já que me pediu, vamos viver de maneira diferente: vamos "fazer coisas sozinhos". Entendo, aceito — ainda que não tenha a menor ideia do que significa "fazer coisas sozinhos".

Vivemos alguns anos de paixão. Você foi tão ciumenta quanto eu fui ciumento. Fizemos loucuras um pelo outro: eu saía, a qualquer hora do dia ou da noite, para encontrá-la em lugares proibidos; você me seguia na rua por dias inteiros sem que eu soubesse. E depois, com os meninos, não por causa deles, mas em paralelo a seus nascimentos, ao lugar que eles ocupavam em nossas vidas, como costuma acontecer, ao que parece com muita frequência, a paixão se transformou num amor mais calmo — ou mais terno.

Houve momentos, nos três últimos anos, em que eu quis que você voltasse a trabalhar. Em que eu quis que você voltasse a trabalhar, embora às vezes você não quisesse. Eu quis por você. Mas também por mim: queria que você estivesse longe para ficar sozinho de novo. O ciúme dos primeiros anos desaparecera, e com ele a paixão, o fogo que você quis reencontrar nos braços de outro.

Eu queria que você estivesse longe para ficar sozinho de novo.

Essa lembrança é tão triste, hoje. Essa lembrança, hoje, me desespera.

Lembro-me de desejar sua ausência e sinto vontade de pegar uma faca e enfiá-la em meu coração para extrair todo vestígio dessa esperança dolorosa, se ela ainda existir.

39

Depois de tentar se lembrar de Barcelona por escrito, *com ela*, ele pensara sozinho, sem escrever, nas férias de verão na Grécia. Ele pensara nas voltas da praia, os quatro na scooter. Fazia calor, havia vento e ela cantava a plenos pulmões uma canção que inventava à medida que cantava. A letra contava a história de um rei, uma rainha e dois príncipes valentes. Os meninos, entre os dois, os separavam e uniam ao mesmo tempo, como nas manhãs de inverno em que passavam para a cama deles. Na scooter, como várias vezes na cama, ela abraçava os três com tanta força que parecia querer sufocá-los. Sim, parecia nunca poder deixá-los.

A felicidade deles era tão grande, e seu amor tão intenso, que às vezes ele pensava que era por medo de não poder sobreviver ao fim lento e natural daquela ternura compartilhada que ela decidira assassiná-la assim, brutalmente, nos braços de outro, *em uma noite*.

40

Sábado, dez horas da manhã

Não sei. Realmente não sei o que pensar desse tempo que você me pede, desse tempo de que agora precisa, desse tempo que não é nem o tempo em que está longe de mim porque está filmando, nem o tempo em que está longe de mim porque está se preparando para uma filmagem, nem o tempo em que está longe de mim porque, como você diz, está "descomprimindo" por ter filmado.

Não sei o que pensar desse tempo em que estará longe de mim porque, tendo se preparado, terá filmado, e porque, tendo filmado, terá descomprimido — esse tempo, como você diz, em que finalmente poderá se ocupar de si mesma.

Não sei o que pensar desse tempo que tenho a impressão de lhe ter recusado, ferozmente recusado, até poucos meses atrás, e que há pouco começava a lhe conceder.

Eu gostaria apenas que às vezes você estivesse em casa. Acho que é tudo que peço. Não quero mais ir junto às filmagens. Com os meninos crescendo, já faço isso cada vez menos. Eu gostaria, às vezes, de vê-la calma e feliz por ler na sala, por voltar para casa de manhã depois de levar os meninos à escola. Eu gostaria de vê--la voltar de um compromisso porque prefere passar algumas horas em casa em vez de perambular na rua ou em cafés. Eu gostaria, às vezes, de senti-la realizada pelo simples fato de desenhar à tarde, pelo simples fato de tomar um chá com amigos, pelo simples fato de tomar uma taça de vinho comigo.

Eu gostaria, ao lado do tormento que o cinema é para você, ao lado do tormento que a escrita é para mim, da tepidez burguesa que talvez nos permitisse às vezes viver calmamente.

Eu não gostaria de deixar de sentir o tormento, não gostaria que o tormento cessasse totalmente: eu gostaria, e talvez isso seja impossível, de viver com você uma vida furiosa, voltada para a paixão, voltada para a criação, e uma vida calma, voltada para os meninos.

A casa, nossa casa, e isso também é culpa minha, não é, nunca foi, uma casa onde é simples viver — simples para nós, para nossa voracidade, que faz com que a vida não possa se limitar a uma vidinha simples; simples para nós, para quem talvez a vida não possa se limitar a nossa *vida.*

Sem dúvida, a não ser por Daniel, quando ele vem brincar com os meninos, e por Julien, quando ele vem consertar o computador ou conversar com você, a não ser pelas Sextas-feiras, *cuja organização se tornou cada vez mais caótica depois do nascimento dos meninos, nossa casa tem a estranha peculiaridade de estar ao mesmo tempo fechada sobre nós mesmos e não passar a sensação de proteção que poderia nos fazer suportar, como a tantos casais, viver numa prisão. Nossa casa parece uma prisão sem muros, e você está certa de fugir.*

Escrevo e me detesto. Todo o meu amor parece ter levado a uma vida triste. Conseguimos não nos tornar um casalzinho burguês, que convida outros casais para jantar, que "retribui" convites, como se diz, mas quais são de fato nossas ambições? Os meninos e alguns anos a mais foram suficientes para nos fazer abandonar a ilusória e no entanto vital pretensão de querer mudar o mundo? Estamos momentaneamente cansados ou desistimos para sempre?

Em minha solidão, solidão da qual tantas vezes tirei forças para sobreviver a tantas decepções, hoje não encontro nenhuma resposta. Veneza, pela primeira vez, não parece suficiente.

A simples lembrança de algumas sestas compartilhadas me faz esperar que possamos viver, de novo, alguns momentos de alegria — a simples lembrança de seu olhar límpido me faz esperar que possamos viver, de novo, alguns anos juntos.

41

A vida deles se tornara tão triste? Eles tinham, depois do nascimento dos meninos, se fechado em si mesmos? Tinham abandonado todas as ambições?

Eles haviam acreditado que o casamento multiplicaria suas forças. Quando se conheceram, apesar dos dez anos que os separavam, ainda estavam cheios de promessas: ela se tornaria uma grande atriz, ele deixaria de ser roteirista e se tornaria um grande escritor. Eles tinham certeza disso antes de se conhecerem: tiveram ainda mais depois de se conhecerem. E essas certezas nunca vacilaram antes do nascimento dos meninos.

Mas e depois? Depois, ele escrevera bastante. Depois, ela atuara menos.

Essas mudanças, tão diferentes uma da outra, não se deviam apenas a seus temperamentos, mas também à natureza de suas atividades: era tão simples escrever sozinho e tão difícil ser a única a atuar. Todos os dias, quando ele acordava ao alvorecer, com uma firmeza notável, com uma doçura extrema, ela o encorajava a sair do calor terno da cama para ir ao escritório escrever. Ele a encorajara com igual doçura e firmeza, com igual perseverança, a atuar?

E também, como só existem grandes escritores na posteridade e grandes atrizes no efêmero presente, ele podia sem dificuldade alimentar ilusões de glória futura que a ela estavam interditadas.

Ele gostaria de tranquilizá-la. Mas não conseguia ser muito reconfortante na eterna expectativa do papel perfeito, do triunfo tão esperado. Ele não tinha nenhuma dúvida de seu talento: duvidava que no cinema o talento fosse uma garantia de sucesso.

Além disso, depois que ele decidira dirigir um filme, o cinema o interessava cada vez menos. Dirigir um filme seria apenas, pensava ele, uma maneira de virar a página: uma maneira de dizer adeus à atividade que o privara, por quinze anos, da possibilidade de dedicar todo o seu tempo à leitura e à escrita.

42

Também havia as *Sextas-feiras*. Depois das *Quartas-feiras*, um jantar dedicado por alguns anos, com dois de seus melhores amigos, a falar de poesia e filosofia, jantar do qual as discussões políticas, que ocupavam quase todas as noites da semana, estavam banidas; e depois das *Quintas-feiras*, às quais eles tinham convidado um quarto amigo e das quais tinham excluído também as discussões sobre cinema; eles tinham começado alguns anos antes, juntos, a organizar as *Sextas-feiras*. A vocação das *Sextas-feiras* era refletir, ao longo de um jantar que reunia uma dezena de comensais, sobre uma possível ligação entre a amizade e a política: procurar aquilo que, da amizade, podia levar, naqueles anos sombrios, a uma prática política da qual a ideia de poder estivesse naturalmente ausente.

Como as *Quartas-feiras*, como as *Quintas-feiras*, as *Sextas-feiras* duraram alguns anos, até que, com o nascimento dos meninos, elas não tinham cessado, mas enfraquecido — *se esgarçado*.

E, como sempre que se tenta alguma coisa (qualquer que seja a consciência, desde o início, da incerteza da própria possibilidade de se obter um resultado), o fracasso deixara marcas mais profundas do que as previstas: sempre se perde mais do que se coloca em jogo.

43

Minha requintada Lou, hoje tudo estava tão triste a meu redor. Partias, as bagas amargas do loureiro que abunda nas charnecas de Nîmes pareciam empalidecer por tua partida. Tudo se entristecia. A própria glória, que nos chama e que para mim é representada por tua posse inteira e definitiva, tremia como as lágrimas, ó orvalho de uma manhã triste, ó orvalho que escorre das folhas do loureiro.

44

Sábado, dez e meia da manhã

Leio algumas cartas a Lou, depois releio o que escrevi a você. Acho, na verdade, que o que lhe peço desde sempre é que você se realize, também, fora de sua profissão. Ler, desenhar, escrever, cuidar dos meninos, de você, de seus amigos. Cuidar de si mesma fora do cinema. Que sua felicidade dependa de algo que não um diretor, um produtor — um ator. É a essa calma, talvez inatingível, que hoje aspiro.
   Não esqueci. Sei que minha vida também precisa mudar. Sei que ela vai mudar. Não por você. Por mim. Porque eu decidi. Porque decidi há alguns meses — antes de tudo isso.
   Penso, realmente espero, que vou conseguir dirigir esse filme que escrevi para você. É o que quero. Isso me diverte profundamente. Quero, pela primeira vez na vida, por causa de você, graças a você, arriscar uma pausa total na escrita para realizar essa outra atividade que é tão agitada, tão rodeada de gente.
   Quero fazer esse filme com você. Sempre pensei em fazê-lo tanto por você quanto por mim — embora eu saiba, hoje, que se fosse obrigado também o faria (como você pode imaginar, pensei muito nisso nos últimos dois meses) sem você.
   Talvez isso me divirta menos, mas não me assusta.
   No entanto, estou convencido de que nossas vidas, das quais uma parte, através de nosso trabalho, sempre foi dedicada aos outros, só podem continuar nos satisfazendo se corrermos o risco de trabalhar juntos.

45

Ele escrevia desde sempre. Sempre escrevera muito. Por dez anos, tinha parado de escrever prosa ou poesia para escrever os roteiros que lhe permitiam ganhar a vida. Queixava-se constantemente de não ter tempo de escrever literatura. Até que um dia havia parado de se queixar e simplesmente começara a acordar mais cedo e a escrever, todas as manhãs, algumas frases do projeto bastante monstruoso que se formara em sua cabeça ao longo dos anos: a biografia e, ao mesmo tempo, as obras completas de um narrador grafômano animado por um único desejo — parar de escrever.

Ele havia publicado um primeiro fragmento do que considerava sua grande obra pouco depois de conhecê-la. Desde aquela publicação, escrever fazia ainda mais sentido: ele não se sentia apenas justificado, dia após dia, pelo simples fato de deitar palavras no papel, ele se sentia aliviado cada vez que conseguia entregar a seu editor um pedaço de seu passado.

Escrever o justificava — permitia-lhe sobreviver, dia após dia, à melancolia que o inundava; publicar lhe trazia alívio — acalmava a nostalgia macabra da qual ele sabia que sempre sofreria.

E no entanto, por causa dela, graças a ela, e principalmente *para* ela, ele decidira dirigir um filme. Embora sua vida estivesse ligada à escrita desde seu nascimento, ele escolhera correr o risco, por algum tempo, de parar de escrever.

Esse risco lhe parecia imenso. Sentia-se como um caracol com uma britadeira nas mãos. Sabia que para dirigir um filme precisaria destruir a concha que a escrita lhe permitira construir a seu redor. Sabia que ao parar de escrever destruiria essa concha que, desde a infância, o protegia excluindo-o do mundo — essa concha que se tornara, com o tempo, sua única pele.

46

Sábado, onze horas da manhã

Releio o que escrevi e sinto vontade de riscar tudo. Por que tentar, hoje, entender? Que alívio poderia me trazer o resultado das análises simplistas de nosso passado? Por que tentar ordenar a desordem alegre do amor? De onde vem o desejo sombrio de querer iluminar a bela penumbra dos dias perdidos?

Sinto vontade de rasurar tudo, tornar tudo ilegível para que ao fim de uma página toda preta você só consiga ler o seguinte: não estou nem aí para o passado, para o presente, para ele. Só quero uma coisa: reencontrar seu olhar, o olhar de dois dias atrás, quando você me acariciou no quarto dos meninos, reencontrar o olhar que, mesmo você não querendo me oferecer seu corpo (esse corpo que me dizia em tudo, a não ser nos olhos — mas os olhos não são o único reflexo da alma? —, que não era mais meu, que me era estranho), reencontrar o olhar que, contradizendo seu corpo, o prometia a mim para o futuro, para sempre; eu gostaria de reencontrar seu olhar tão cheio de volúpia, tão indecente e tão lindo.

47

À tarde, ele com frequência deitava de costas para ler, para dormir, ela vinha se deitar sobre ele e o olhava fixamente nos olhos. E o mel escorria de seu olhar como um xarope untuoso, mistura de ambrosia e néctar, mistura sincera de inocência e insolência apimentada com alguns grãos de perversão. Ela conseguia, hipnotizando-o dessa forma, fazê-lo fazer o que ela quisesse. Era um olhar cuja eficácia ela conhecia perfeitamente, um olhar que ela usava com temível habilidade.

Ele com frequência tentava encontrar palavras para aquele olhar. Mas sempre que tentava descrevê-lo, cada frase lhe parecia uma mentira; cada palavra, um insulto. Aquele olhar, ele pensava, estava longe, muito longe e além das palavras.

48

Nossos canhões 75 são graciosos como teu corpo
E teus cabelos são vermelhos como o fogo de um
obuseiro que
explode ao norte

49

Sábado, onze e meia da manhã

Sigo lendo. Na página 97, carta número 44, parei e li a introdução — e logo fiquei com vontade de parar de ler essas cartas a Lou, que até então me enchiam de prazeres variados. Triste introdução que em vão tenta separar o sexo do amor, como se tivesse sido escrita por alguém que não conhecesse nem um nem outro.

Escrevo isso e penso em como você lerá essas palavras. Será que dirá: "E você, o que conhece deles, meu velho?".

Não sei. Não sei mais o que você pensa. Não sei mais o que eu mesmo sei, o que eu mesmo ignoro.

Sei, no entanto, que você acreditou que eu soubesse. Ou melhor, que juntos acreditamos saber. Nossas mãos percorreram nossas peles inventando nossos corpos. Às vezes criamos com nossas carícias um tempo que não era nem passado, nem presente, nem futuro. Fomos, um para o outro, *o mais furioso e o mais comportado, o mais sábio amante do mundo. Fomos, lembre-se...*

Não. Parei. Parei de novo de escrever, parei de me torturar.

Me ame. Só isso. Me ame. É tudo que peço. Me ame. Quero isso terrivelmente. Preciso disso terrivelmente.

50

Sábado, duas horas da tarde

Pronto. Estou no trem. Não fomos para Roma de carro, mas pegamos um trem que leva sete horas e para uma dezena de vezes.
Estou contente. É um trem parecido com os que eu pegava há vinte anos. Mesmo sem descer, fico feliz de passar por cidades que conheço e às quais não volto há anos: Ferrara, Bolonha, Florença, Arezzo, Chiusi, Orvieto, Roma.
Estou contente de ir a Roma. Estou contente de me hospedar na Villa.
Penso em você.
Tenho mil perguntas a lhe fazer.
Tenho mil perguntas a não lhe fazer.
Penso em você, mas de maneira menos obsessiva. Estou sozinho e me procuro num passado que vai além de você. Como ao fim de meu primeiro amor, quando viajei para o fim do mundo, hoje vou tentar encontrar na Itália um eu antigo, um eu qualquer que, perdido nos séculos dos séculos dessa vida anterior a você, ainda se mantenha vagamente de pé.
Estou sozinho e vou me procurar na certeza desse passado de antes de conhecê-la, nesse passado em que você ainda não existia. Estou sozinho e vou pensar sozinho na incerteza de um futuro com você.

51

Na véspera, ele decidira ir para Roma. Realmente não tinha tentado, ao contrário do que pretendera alguns dias antes, viajar de carro: contentara-se em caminhar com Daniel até a estação e, como todos os trens rápidos estavam cheios, em comprar passagens para o único trem lento que lhes era oferecido.

Eles já tinham percorrido a Itália juntos: tinham pedido carona aos dezoito anos, ido juntos a Siena, a Monte Oliveto Maggiore, a Cetona. Alguns anos depois, tinham ido juntos a Roma. Quando ele se hospedara na Villa Medici, Daniel o visitara por bastante tempo.

Muitas vezes, em sua vida passada, ele precisara de uma presença amiga a seu lado: a escrita o obrigava a escurecer a claridade de seus dias com uma solidão sombria que ele tentava alegrar, ao anoitecer, com o convívio luminoso dos amigos. Tanto quanto a escrita, a amizade lhe permitira sobreviver à melancolia.

Dessa vez, ele não julgava necessária a presença de Daniel. Pensava: eu poderia ter viajado sozinho. Pensava: eu poderia ter viajado sozinho para me encontrar e para me perder — definitivamente.

Mas ele sabia que Daniel suportaria seu doloroso silêncio. Sabia que Daniel não tentaria inutilmente aliviar seu sofrimento. Sabia que Daniel seria uma testemunha respeitosa de seu desespero.

Ele sabia que Daniel, se preciso, o deixaria escolher sozinho entre a vida e a morte.

52

Estou triste esta noite, minha Lou, triste com uma tristeza sombria.

53

Sábado, três horas da tarde

Ainda estou no trem. Pela primeira vez desde que deixei os meninos, não sinto pouca falta deles: sinto uma falta terrível. Das brigas intermináveis no quarto deles, dos carinhos intermináveis no nosso. Das corridas, das risadas — e, logo depois, da necessidade de descanso em meus braços.

Não sei se você notou, nos últimos tempos, pois estávamos distantes e perdidos, que o desejo deles pelo sanduíche aumentou.

— Vamos fazer o sanduíche?

Ainda ouço as vozes deles chegando correndo à cama.

— Papai embaixo! Depois mamãe! Depois você e depois eu!

— Não! Você primeiro, depois papai, depois mamãe e depois eu!

Pequenas alegrias distantes e dilacerantes.

— De novo! Mamãe embaixo!

Lembro-me de surpreender, em meio às risadas deles, seu olhar apagado voltado para mim.

Ainda faremos sanduíches?

Sinto falta deles. Sinto falta de você.

Amo vocês.

54

O sanduíche, como ela chamava, era uma brincadeira que eles faziam praticamente desde que as crianças tinham nascido. Deitados uns sobre os outros, eles formavam uma pilha instável de corpos que ele ou ela, mexendo-se para um lado e outro, sempre acabava fazendo desabar, em meio à gargalhada dos meninos.

A última vez que eles brincaram, ela deitada bem embaixo, ele deitado bem em cima, ele surpreendera seu olhar apagado entre os rostos sorridentes e agitados dos meninos.

Nunca, nos anos de felicidade, ele pensara que um olhar triste pudesse brotar durante aquela brincadeira tão simples — e tão feliz.

55

Sábado, quatro horas da tarde

Ferrara, Bolonha, Florença. Depois de três paradas, o trem ficou lotado. Repleto de gritos, correria, vida. As pessoas se ajudam, se xingam, carregam malas, disputam lugares, buscam café. Não sei por que, depois do nascimento dos meninos, continuamos a viver na França, embora tão perto exista um país tão mais real: este país onde uma criança, talvez não por muito tempo, pode permanecer criança por toda a sua infância, e um homem, vagamente humano até o fim de sua vida.

Eu gostaria de escrever sem que o passado existisse, sem que o futuro — no qual tudo me proíbe de pensar — aflorasse em meu imaginário, sem que o presente — obtuso de solidão e do qual tento fugir inventando-o — inventasse mil ardis para me dizer que existe, que não depende de minha pluma, que não depende mais de mim.

Eu gostaria de escrever para parar de pensar.

Eu gostaria de descrever as montanhas que o trem atravessa desde que deixamos Bolonha. Grandes e orgulhosas montanhas do sul. Elas não têm neve para desenhar as doces curvas de seus seios, de sua bunda, mas o outono cobriu-as com o havana doce de seus olhos.

56

Sim, minha Lou, és minha Lou só minha, minha coisa viva que amo infinitamente, minha joia preciosa, minha pequena pérola redonda como teu traseiro, como teus dois pequenos seios infinitamente belos e tão belamente floridos com duas rosas sem espinhos.

57

Sábado, sete e meia da noite

Eu queria parar de escrever. Então li. Depois, quis parar de ler, então conversei com Daniel. Ou melhor, ouvi-o falar por muito tempo. Ouvi-o falar por muito tempo para tentar esquecer a bola de ferro e enxofre que voltou a pesar em meu ventre. Para tentar esquecer as risadas e as lágrimas dos meninos, que voltaram à minha memória. Para tentar esquecer você, cuja lembrança de novo irrita meu cérebro.

Espero que você nunca leia estas cartas. Comecei a escrevê-las pensando em entregá-las no dia em que, magari, ojalá, inshallah, *você me pedisse para voltar a Paris. Depois, pensei em entregá-las somente depois de alguns meses, ou anos: no dia feliz em que seu amor de novo me fosse reservado. Agora, espero ter a coragem de nunca fazer você ler estas palavras sombrias.*

Penso em sua falta de amor, em sua indiferença. Preciso, você diz, seduzi-la de novo. Você diz isso calmamente. Como um pequeno desejo, como uma ordem minúscula, emanando de uma autoridade tão evidente que quase se torna terna. Você diz isso como se dissesse: compre pão na volta para casa. Como se fosse uma tarefa ínfima que eu precisasse fazer. Você diz isso da mesma maneira como poderia me pedir: "Ponha a camisa branca em vez da azul". Você diz isso como se fosse tão simples quanto mudar de roupa, mas, para mim, seduzi-la de novo me parece tão difícil quanto escalar uma montanha coberta de espinhos com as mãos nuas.

Você gostaria que eu fosse forte, que eu fosse aquele que já fui a seus olhos. Mas só posso ser eu mesmo, e hoje sou apenas aquele revelado por minhas tristes palavras: um garotinho abandonado, perdido no mercado, um garotinho que era levado por uma mão que bruscamente se soltou, um garotinho que perambula, com o rosto molhado de lágrimas e ranho, no meio da multidão indiferente.

Você gostaria que eu mudasse, que eu voltasse a ser aquele que fui: grande, forte, incontestável.

O que posso dizer? Não mudei tanto assim, foi seu olhar que mudou. Nunca fui tão bonito quanto seus olhos me viam; e talvez também não seja, hoje, tão feio.

58

Nunca mais. Essas duas palavras voltavam à sua mente sem parar. Elas o obcecavam. Ocupavam todos os seus pensamentos. Nunca mais. Duas palavrinhas, apenas três sílabas. Exatamente nove letras. Meu Deus. Nunca mais seus olhos em seus olhos. Nunca mais sua mão em sua mão. Nunca mais seus beijos em seu pescoço. Nunca mais seus lábios em seus lábios. Nunca mais seu corpo à noite. Nunca mais as caminhadas intermináveis por Paris, colados um ao outro, regulando os passos um pelo outro. Nunca mais ele a abraçaria, pressionando os dedos em suas costelas. Nunca mais ela seria sua. Nunca mais ele seria seu. Nunca mais o quarto deles. Nunca mais a cama deles. Nunca mais a scooter. Nunca mais o verão.

Nunca mais os sanduíches com os meninos.

59

Sábado, oito horas da noite

Se eu a convencer a ficar por minha dor, pelos meninos, sei que não ficará por muito tempo.
Não sei o que você sente. Tenho medo de perguntar.
Imagino os dias vindouros como uma interminável sequência de longos domingos chuvosos em que você vai embora para não ter que me mostrar que não me ama — mais, ou totalmente. Imagino os meses que estão por vir como tristes noites em que você chora em meus braços sem que eu ouse adivinhar o motivo de suas lágrimas.

60

Mas meu grito vai para ti, minha Lou, és minha paz e minha primavera.
Tu és, minha Lou querida, a felicidade que se assevera.
É por nossa felicidade que me preparo para a morte.
É por nossa felicidade que, na vida, ainda sou forte.

61

Sábado, nove horas da noite

Roma se aproxima. Roma que amo, Roma, onde passamos o Natal quando você estava grávida. Roma, onde talvez pela primeira vez a vi inquieta, assustada com a ideia de se tornar mulher. Roma, onde sem dúvida, pela primeira vez, eu não soube entender que você podia ter medo, que não há nada mais natural que temer, aos vinte e seis anos, deixar de ser jovem e se tornar mãe de uma criança. Roma, onde meu amor ainda apaziguava seus temores. Roma, para onde você ainda tinha, há não muito tempo, tanta vontade de voltar — para onde você tinha tanta vontade de voltar há não muito tempo, ainda comigo.

Hoje, Roma não a atrai mais. Hoje, Roma a repugna se eu estiver aqui — e só estou aqui por você.

Todo o prazer desta viagem, por tanto tempo sonhada com você e os meninos, desaparece quando constato minha solidão e o abandono infinito — talvez ainda mais infinito depois que você me disse que sua história com ele acabou — em que me encontro hoje.

Sua história com ele acabou — e você não está comigo.

Não é mais a vontade de estar com outro homem que a mantém afastada de meus braços.

Você não está comigo.

Você não quer estar comigo.

Você não me ama mais.

É simples.

É isso.

62

Sábado, nove e meia da noite

Parei.
Não quero mais te escrever.
Não sei mais te escrever.
Parei.
Não aguento mais.

63

Pouco antes de começar a sentir que a perdia, ele sonhara fazer, com ela e com os filhos, uma viagem de carro pela Itália. Queria voltar com eles para a praça côncava de Siena, onde não pisava havia vinte anos. Queria ir para Arezzo, para Orvieto, para Urbino. Queria ir para Bagno Vignoni e contar-lhes do homem que, como ele, sabendo que depois de um primeiro exílio qualquer terra lhe será para sempre estrangeira, tentava atravessar a piscina com uma vela acesa na mão. Queria levá-los devagar para o sul. Queria parar em cada pequeno vilarejo para tomar sorvete e comer pizza. Queria mostrar-lhes a doçura das colinas em torno de Monte Oliveto Maggiore, queria mostrar-lhes os corpos distorcidos de Signorelli na capela de San Brizio, os rostos silenciosos de Giotto na basílica de San Francesco. Tinha imaginado o olhar de cada um de seus filhos para aqueles afrescos, e tinha sonhado que veria, nos olhos do mais velho, nos olhos do mais novo, o encantamento e a emoção que surpreendera nos olhos dela quando a fizera descobrir, alguns anos antes, durante a primeira viagem deles a Veneza, Bellini e Ticiano.

Ele queria mostrar todas essas coisas que já conhecia e descobrir, com ela e com os meninos, outras cidades, outros vilarejos, outras igrejas, quadros que ainda não conhecia.

Ele queria ir devagar para o sul: queria que ela o seguisse cegamente por aquele país que ele conhecia melhor que ela.

Ele queria tantas coisas.

E depois, nos últimos tempos, como ela o deixava, como seu amor o deixava, o sonho de viagem pela Itália aos poucos se desvanecera. Perdendo-a, ele havia reduzido a ambição de seus planos: em vez de viajar pela Itália, simplesmente sonhava tomar um café com ela depois de deixar os meninos na escola. Sonhava que ela fosse buscá-los com ele e que ficassem, juntos, só um pouquinho, no parque. Sonhava que, depois de pôr os meninos para dormir, eles saíssem juntos de casa para dar uma caminhada à noite. Sim, sonhava caminhar a seu lado nas ruas de Paris. Sonhava que ela o beijasse quando ele a acordasse. Sonhava que ela voltasse a olhá-lo nos olhos. Sonhava que ao menos uma vez, mesmo maquinalmente, sem perceber, enquanto eles caminhassem lado a lado, era ela que pegava sua mão.

Depois de sonhar com a Itália, ele agora sonhava com tantas coisas minúsculas. Sonhava com todos os favores ínfimos que ela naturalmente lhe concedera quando estavam juntos e que, havia alguns meses, não lhe concedia mais. Sonhava com tantas coisas anódinas que alegravam sua vida dia após dia havia anos e que, agora, lhe estavam interditadas.

Ele sonhava encontrar todas aquelas coisas microscópicas que, nos últimos anos, lhe tinham permitido escrever, irremediavelmente voltado para o passado e a morte, e ao mesmo tempo se sentir irremediavelmente vivo.

64

Eu te disse que para anemia carne de cavalo e não cogumelo, diabos, não cogumelo, mas não queres acreditar.

Precisas te submeter a mim, precisas, entrego-me inteiro a ti, mas como teu mestre que te adora, precisas ser minha, sem o quê... Teu orgulho deve se curvar porque eu te amo — Não deves nunca fazer só o que te dá na cabeça senão me perderás — Não quero que te forces, quero que sejas minha naturalmente.

65

Chegaram a Roma ao cair da noite e se separaram à saída da estação: Daniel seguira até a casa de uma amiga que morava na Trastevere, ele caminhara na direção da Trinità dei Monti.

Piazza dei Cinquecento, Via del Viminale, Via delle Quattro Fontane. O caminho entre a estação Termini e o Pincio lhe era familiar: percorrera-o várias vezes quando morava na Villa Medici. Enquanto caminhava, tomado pela ilusão de finalmente ver com clareza — ilusão tão comum quando seguimos num passo mecânico por um caminho familiar —, decidira que, assim que chegasse, ligaria para ela.

Ao sair de Paris, tinha prometido a si mesmo que não o faria. Dissera-lhe que não o faria. Dissera-lhe: não ligarei. Dissera-lhe: ligue-me você. Dissera-lhe: ligue-me você, mas somente para dizer que o pesadelo acabou, somente se quiser que eu volte, senão prefiro que não me ligue.

Ela não dera nenhuma importância a seu pedido: desde que ele deixara Paris, havia ligado para ele várias vezes — mas nunca para lhe pedir que voltasse.

Ele prometera a si mesmo que não ligaria para ela, que não seria ele quem ligaria. Prometia a si mesmo, ali, subindo a Via Sistina, que não levaria em conta aquela promessa passada.

66

No entanto, antes de subir ao quarto — talvez para encontrar forças, lá em cima, para realmente ligar —, decidiu passear pelos jardins da Villa. Era um dos raros lugares no mundo em que pensava, nesses tempos sombrios, que poderia encontrar a si mesmo: pensava que ali, sob os pinheiros-mansos, no bambuzal, entre os nióbidas, na alameda das laranjeiras e, principalmente, diante da vista de Roma que tantas vezes lhe salvara a vida — pensava que ali, nesses lugares assombrados muitos anos antes por sua solidão, nesses lugares em que também vivera um dos períodos mais felizes de sua vida, ele necessariamente reencontraria aquele que havia sido: um homem quase adulto, um homem seguro de si, um homem muito mais forte do que essa ruína desabitada que viajava pela Itália havia alguns dias.

Não foi o caso. De pé olhando para Roma, com a cidade iluminada a seus pés, diante da inesgotável beleza barroca atravessada pelas forças opostas — mas nunca dissonantes — da Antiguidade, do Renascimento e do fascismo, ele, pela primeira vez na vida, não sentiu nada. Até esse dia, nas raras vezes que essa vista não o exaltara, ela ao menos o tinha reconfortado. *Que me importa morrer se essa beleza insolúvel continuar existindo*, era o que tantas vezes pensara ao olhar para a cidade eterna estendida a seus pés.

Nessa noite, ele não esperava nenhuma exaltação, mas o alívio tampouco aconteceu. Nessa noite, ele olhou para Roma, mas seu olhar estava vazio. Nessa noite, ele olhou para Roma, mas Roma não lhe podia proporcionar mais nada.

Nessa noite, ele olhou para Roma demoradamente, aturdido, então voltou sobre seus passos: entrou na Villa, atravessou o bar deserto, olhou para o bilhar inútil, subiu a passarela e entrou no quarto.

O telefone estava em cima da mesa: era a única coisa que, nessa noite, em Roma, parecia realmente à sua espera.

Ele largou a mochila e olhou para o telefone. Sentou-se e olhou para o telefone. Inútil e imóvel, olhou para o telefone. De novo. E então, sem dúvida porque não encontrara forças para fazê-lo, ligou para ela.

67

Sábado, uma hora da manhã

Estou destruído. Profundamente, selvagemente destruído.
Você acaba de desligar.
Você me disse que não acabou.
Você me disse que tinha dito que tinha acabado, mas que não tinha acabado.
Você me disse que o viu na mesma noite em que saí.
Você me disse: não sei se conseguiremos.
Você me disse, porque perguntei, porque supliquei que me dissesse — você me disse que também ainda me amava.
Estou sentado na cama. A janela está fechada. A noite lá fora está tão escura. Vejo meu reflexo na janela como num espelho. Olho para mim: não resta nada de mim. Não resta nada daquele eu de antes de sua furiosa traição.

68

Logo vem a noite,

Ora pressentimos

Um longo, um longo destino de sangue.

69

Sábado, uma e meia da manhã

É uma queimadura constante. Tudo que toco, tudo que toca meu olhar, tudo que chega a meus ouvidos, todos os perfumes, o sabor de cada fruto da terra, atiça as chamas que constantemente me consomem.
    Ardo.

70

Ela lhe escrevera que amava sua pele, que amava seu cheiro. Ela escrevera, *para ele*, mensagens de amor semelhantes às que escrevera, para ele, alguns anos antes.

Essa ideia, tão simples e tão dolorosa, voltava a assombrá-lo o tempo todo. Ele tinha ciúme. Ardia de ciúme. Ele ardia da queimadura — a mais terrível — produzida pela sensação de morder a própria cauda: queimadura interior, queimadura que consome a parte interna da pele e depois atinge a carne, que irrita os órgãos, calcina-os, e derrete como uma lava negra no cérebro.

Ele ardia. Todo o seu corpo, todo o interior de seu corpo ardia: ele não podia comer, não podia beber, não podia dormir. Com dificuldade, conseguia respirar. E o ar que entrava em seus pulmões, pesado como óleo, atiçava as brasas que enchiam seu corpo.

Ele ardia e todo o interior de seu corpo era um mesmo carvão ardente. Ele ardia e essa dolorosa queimadura interna não produzia nenhuma luz que, tornando-o incandescente, também o tornasse enfim visível.

O silêncio do ciúme gritava nele como uma dor pura.

71

Sábado, duas horas da manhã

Preciso, para além de você, me reencontrar.
Você não pode me ajudar. Sei, agora, que você não pode me ajudar.
Você me dirá de novo que acabou. Acreditarei de novo. Mas nunca acabará.
Seu amor não quer me ajudar.
E sua piedade não pode me ajudar. Nunca poderá.

72

Ele parou de escrever. Olhou para o quarto vazio. Olhou para a janela aberta. Olhou para a noite inútil. Enfiou a caneta no peito e seus dedos entraram na carne em busca de seu coração. Arrancou o coração e sentiu o sangue morno e pegajoso na mão. Atirou o coração no chão para pisoteá-lo. Contemplou tranquilamente a maneira como seu coração explodiu quando pulou em cima dele de pés juntos, esmagando-o com todo o seu peso.

E então se sentou. E voltou a escrever.

73

Ó Lou, Lou carinhosa e terna, te adoro porque és o que o universo tem de mais perfeito, és o que mais amo, és a poesia, cada um de teus gestos é para mim toda a plástica, as cores de tua pele são toda a pintura, tua voz é toda a música, teu espírito, teu amor toda a poesia, tuas formas, tua força graciosa toda a arquitetura. És para mim o resumo do mundo, se ele desaparecesse eu encontraria em ti toda a natureza mais bela em todos os tempos e toda parte.

74

Ele escreveu, leu e, como sabia que não conseguiria dormir, saiu da Villa. Caminhou pela noite: desceu a Via Gregoriana e atravessou a Via del Tritone. Era tarde, as ruas estavam desertas. Perto da Fontana di Trevi, ouviu um gato miar e se lembrou de *La dolce vita*.

— *Ma chi sei? Tu sei tutto. Ma lo sai che sei tutto? Tu sei la prima donna del primo giorno della creazione, sei la madre, la sorella, l'amante, l'amica, l'angelo, il diavolo, la terra, la casa... Ecco che cosa sei: la casa.*

Sim, ela era tudo. Era a amante, a amiga, a irmã, a terra, o anjo, o diabo — e a casa.

Ele se lembrou das palavras sussurradas por Marcello a Sylvia enquanto ele se decidia a juntar-se a ela sob a cascata efêmera da fonte e pensou que aquelas palavras não eram tão diferentes das que Apollinaire endereçara a Lou no lodo das trincheiras.

— *Ma si, ha ragione lei, sto sbagliando tutto, stiamo sbagliando tutti...*

Sim, ela é que está certa, estou completamente errado, estamos todos errados...

Ele olhou por um momento para a fonte vazia, depois seguiu seu caminho. Atravessou o Ghetto, chegou perto do Tibre e se lembrou das vezes em que, vinte anos antes, desesperado por uma primeira desilusão, pensara em pular no Sena. Morava na ilha Saint-Louis e tinha colado à porta de seu apartamento um cartão-postal no qual escrevera: *Sempre que atravessar o Sena, pense em não pular.*

Olhou para a ponte que se oferecia a seus passos. Teve medo de atravessar o rio. Teve medo e pensou que não podia mais fugir de seus medos. Avançou pela ponte e parou bem no meio. Olhou para o rio: vinte, trinta metros abaixo, rochas afloravam na superfície da água.

Olhou para o rio, olhou para as rochas e pensou: pouca água. Pensou: uma certeza de êxito que o Sena de vinte anos atrás não podia me dar.

Sentiu — ainda, sempre — vontade de morrer.

75

A ponte estava deserta e cheia de gente ao mesmo tempo: nessa hora indevida ninguém a atravessava a pé, mas carros não paravam de passar, rasgando a escuridão como flechas de luz lançadas por arqueiros invisíveis.

Com os olhos fixos nas rochas, lembrou-se de novo de *La dolce vita*. Pensou em Steiner, o personagem como Marcello sonha ser. Pensou que ele também, por muito tempo, aspirara a ter, como Steiner, uma mulher magnífica, um belo apartamento, um Morandi na parede, amigos pintores, poetas, filósofos. Pensou que, graças a ela, de fato se tornara uma espécie de Steiner: *sério demais para ser um verdadeiro amador, não o suficiente para ser um verdadeiro profissional.*

Não pensava em Steiner fazia muito tempo. Embora tivesse visto *La dolce vita* dezenas e dezenas de vezes (o único filme que ele tinha visto dezenas e dezenas de vezes), por mais estranho que possa parecer, quando pensara, em Paris, alguns dias antes, que era normal, quando a pessoa se mata, também matar os filhos, ele não havia se lembrado de que Steiner, a pessoa mais calma, mais culta, matava selvagemente os filhos antes de se matar.

Com os olhos fixos no rio, pensou que nunca teria imaginado que um dia seria mais parecido com Steiner do que com Marcello. Sorriu. Pensou, no entanto, que realmente fizera de sua vida o que Marcello sonhara fazer com a sua: havia casado com sua Anita Ekberg, tido filhos, publicado livros e, de uma espécie de Marcello, que constantemente se queixava de não poder escrever, se tornado uma espécie de Steiner, aprisionado tanto por suas dúvidas quanto por suas certezas.

Pensou que ela não o perdoava por ter mudado: por ter feito da atriz magnífica que ele conhecera uma mãe de família. Pensou que ela não o perdoava, mas que ele não sabia se a mudara ou não: a seus olhos, ela nunca tinha deixado de ser uma atriz magnífica. Pensou, em contrapartida, que não podia ignorar o quanto ela havia mudado. Pensou que ela quisera que ele se tornasse o que ele se tornou, mas que era normal, ao mesmo tempo, que tendo amado aquele que ele tinha sido, ela parasse de amar aquele que ele se tornara.

Olhou para o rio e para as rochas. Pensou que Fellini talvez tivesse salvado sua vida: permitindo-lhe *viver*, enquanto espectador, o terrível ato de matar os filhos antes de se matar, evitara que ele o realizasse.

Olhou para o rio e para as rochas. De novo. Pensou que Fellini talvez tivesse salvado a vida de seus filhos, mas que não necessariamente salvara a sua.

Pensou que nada poderia salvar sua própria vida, apenas a decisão, a cada instante, de continuar vivo — apesar da vontade, a cada instante, de não continuar.

76

Quando a conheceu, ela era tão bonita que ele sentia medo de olhar para ela. Era tão doce que ele tinha medo de tocá-la. Suas palavras eram tão ternas que às vezes, duvidando que fossem sinceras, ele tinha medo de ouvi-las.

Ela era frágil. Tinha medo dele, medo de que seu amor fosse efêmero, medo de que ele não fosse real.

Ela estava disposta a tudo. Partir para Veneza poucos dias depois de conhecê-lo, ir a seu encontro em Buenos Aires, ter um filho assim, imediatamente, já que seus corpos o desejavam.

O que ela lhe ensinara? Que o instante também existe para além da poesia, que o presente pode carregar tudo, como um maremoto alegre, e *fiel*.

77

Ele estava prestes a pular — ou não — quando um carro parou a seu lado. Uma mulher estava ao volante, uma mulher que ele não via fazia dez anos e que, vendo-o ali, de costas, misteriosamente o reconhecera.

Ela o chamou. Ele se virou. Ela demorou para notar as lágrimas em seu rosto.

— Oh! Oh!

Ela o chamou e chamou. E o convidou a entrar no carro.

78

No carro, enquanto ela dirigia e ele chorava, enquanto ela dirigia e ele virava o rosto para esconder as lágrimas, ele se lembrou do jovem sedutor, seguro de si, terrivelmente seguro de si, que essa mulher conhecera na Villa dez anos antes.

Aos poucos, suas lágrimas secaram. Eles seguiram em silêncio. Pararam. Ela o convidou a tomar um chá em sua casa. E ele aceitou.

Eram três ou quatro horas da manhã. Eles falaram do passado: da Villa onde se conheceram, dos amigos que tinham em comum. Ela lhe contou que o marido (ele o conhecera dez anos antes e se lembrava vagamente de sua pessoa: era um ator italiano bem mais velho que ela) havia morrido depois de uma longa doença. Ela não tivera filhos.

Ela lhe disse: talvez tivesse sido menos doloroso se eu tivesse tido filhos; talvez tivesse sido menos doloroso se algo real tivesse ficado de meu marido.

Ela continuou falando, mas ele não a ouvia mais. Pensou na palavra que ela utilizara para qualificar os filhos: *reais*. Achou-a adequada.

Quando ela perguntou, ele lhe disse que tinha dois filhos — e que não tinha mais mulher.

Ela falou do encontro deles dez anos antes. Sorriu para ele. Seu sorriso era suave. Como seu olhar. Ele sentiu vontade de ser abraçado, de ser embalado. Olhou para ela. De novo. Ela sorriu para ele. De novo. Ele sentiu vontade de dormir com ela, mas sabia que era incapaz de amá-la.

Eles conversaram bastante. O dia demorava para nascer. E então de repente, já que o sol parecia incapaz de fazê-lo, ele se levantou — e foi embora: fugiu daquela ternura que lhe era oferecida e da qual ele sabia que não poderia *realmente* se aproveitar.

79

As ovelhas negras das noites de inverno
Passam em longos rebanhos tristes.
As estrelas salpicam o eterno
Como estilhaços de ametistas.

Ao longe vês os projetores
Apresentar a aurora boreal.
É uma batalha de flores
Em que o obus é um estame viril.

Os canhões, membros genitais,
Engravidam a apaixonada terra.
O tempo é de instantes brutais.
Semelhante ao amor é a guerra.

80

Ele voltou para a Villa a pé. Enquanto subia a *scalinata* da Piazza di Spagna, o sol começou a dardejar seus raios poeirentos sobre as telhas ocre dos telhados.

Não passeou pelos jardins, onde a aurora ainda brincava, enchendo o mundo incerto de bruma e umidade. Não tentou contemplar novamente a vista de Roma que tantas vezes lhe salvara a vida.

Seguiu a passos lentos até seu quarto. Seguiu a passos lentos porque sabia que nem essa vista nem nenhuma outra poderia consolá-lo. Sabia que nada sensível — nenhuma vista, nenhuma voz, nenhum gosto, nenhum perfume, nenhuma carícia — poderia abrandar os tormentos de seu coração.

Não esperava mais nada. *Urbi et orbi.* Não esperava mais nada — nem de Roma nem do mundo.

81

Domingo, alvorecer

Até poucas semanas atrás, sempre acreditei que era da natureza dos obstáculos poder ser superados.
Há poucos dias, eu ainda acreditava que cada provação nos aproximara.
Hoje sei que sempre acreditamos nisso, até o momento em que compreendemos que estamos definitivamente sozinhos.

82

Pensou que não conseguiria dormir, mas se sentou na cama e, depois de escrever algumas palavras, pegou no sono quase imediatamente. Dormiu algumas horas. Três, quatro horas, no máximo.

Quando acordou, desceu para tomar um café. Apesar da lembrança do rio, apesar da noite quase em claro, encontrar o sorriso triste e a voz rouca de Massimo no bar da Villa o aliviou.

83

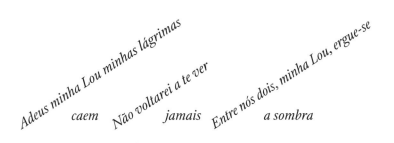

Adeus minha Lou minhas lágrimas   *Não voltarei a te ver*   *Entre nós dois, minha Lou, ergue-se*
caem   *jamais*   *a sombra*

E lembra-te às vezes do tempo em que me amavas

    A hora
    chora
    três
    vezes

84

Domingo, dez e meia da manhã

Por muito tempo, no início de nosso amor, no auge da paixão, no auge do ardor, pensei que um dia moraríamos juntos e que eu ficaria em casa fazendo as duas únicas coisas que sou capaz, ou incapaz, de fazer: ler e escrever. Pensei que você sairia, que viveria sua vida mundana de atriz, e que eu esperaria por você, seguro de seu amor como às vezes sou de minha escrita.

Quando pensamos seriamente em morar juntos, lembro-me de lhe perguntar se, quando eu estivesse ali, quando sua casa também fosse minha casa, nossa *casa, você finalmente gostaria de ficar nela: se você gostaria de curtir a casa da mesma maneira que gosta, desde sempre, de curtir a rua.*

Nunca consegui ficar tranquilo em casa à sua espera. Você nunca conseguiu gostar de ficar em casa o suficiente para eu não sentir ciúme do que você fazia na rua.

Meu erro, então, foi pensar que era meu amor que devia mantê-la prisioneira. Seu erro também, talvez. Pois você acreditava me amar o suficiente para que o resto não importasse — para que o resto *nunca mais* importasse.

Hoje, você pensa em nossa vida futura, ou melhor, na possibilidade — bastante vaga, improvável — de uma vida futura, em que faríamos, como você me disse ontem à noite ao telefone, "coisas" separadamente.

O que fazer para amar essa vida? Do que você precisa para amar a solidão íntima, do que preciso para amar a companhia social, sem as quais deixamos de amar o compartilhamento de uma vida conjugal?

Arrisco duas respostas:

De minha parte, preciso encontrar um equilíbrio entre o que faço sozinho e o que faço com os outros, um equilíbrio que existia quando eu também escrevia roteiros, mas que se rompeu desde que só escrevo livros.

De sua parte, você precisa, acredito, encontrar uma terceira atividade que possa fazê-la viver sua vida como se ela não estivesse dividida em duas (o trabalho e a família). Seu equilíbrio de atriz só pode vir de um terceiro prazer (pintar, escrever, dirigir) que esteja à altura do primeiro.

85

Domingo, quinze para as onze da manhã

Para não pensar mais em você, parei de escrever e comecei a cortar as unhas. Mas na metade da primeira unha voltei ao caderno.

Há alguns dias, ou algumas semanas, sua mãe me disse, para me consolar, que você lhe confessou que entre ele e mim "não havia comparação".

Era isso que eu precisava ouvir de você.

Às vezes, quando atravesso um momento (bastante raro, nos últimos dias) de otimismo, penso que, ao contrário do que você sempre fez desde que nos amamos — você precisava tanto me dizer que me amava! —, hoje você me diz que me ama menos do que realmente ama.

Digo a mim mesmo, nesses momentos, com bastante serenidade, que é possível que você ainda me ame — ainda que com um amor mais calmo, quase transparente.

Digo a mim mesmo, nesses momentos, que o fim do pesadelo não é que você me ame como me amava antes — mas que você me ame de novo.

Digo a mim mesmo, nesses raros momentos, que o pesadelo não acabou — mas que existe um fim possível.

86

Estranhamente, embora tivesse lido tanto sobre o ciúme, embora esse fosse um sentimento que desde a adolescência o fascinava, ele nunca pensara, ao longo dos últimos dois meses, em algo evidente: o ciúme só existe quando o amor ainda é compartilhado.

Nos raros momentos em que ainda conseguia pensar, ele se lembrava, e isso não chegava a aliviá-lo, de uma remota leitura que o fizera compreender que quem nunca sentiu ciúme não conheceu o amor. O ciúme, havia pensado então, é a derradeira entrega ao outro, entrega não para carícias ou êxtase, mas para os piores tormentos, para a mais cruel tortura.

Os outros, os não ciumentos, os nunca ciumentos, ele dissera a si mesmo, não passam de pequenos narcisos, narcisos minúsculos que temem a comparação, que temem a única, a verdadeira comparação: aquela em que nos descobrimos inferiores, aquela em que nossa própria fraqueza se revela.

87

Amor, você não sabe o que significa a ausência
E não sabe que nela nos sentimos morrer.
Cada hora aumenta infinitamente a dolência.
Quando o dia acaba começamos a sofrer
E à noite volta a dor em recorrência.

88

Domingo, três e meia da tarde

Estou sentado na São Luís dos Franceses. Como um pequeno tronco no mar, balanço perdido na nau escura. Contemplei o Caravaggio por um bom tempo. Vi, como sempre que estou à flor de meu ser, coisas novas: inesperadas.

Vi a terrível tentação sensual que prevalece sobre o pavor da criança.

Vi a força do torso nu que prevalece sobre os outros personagens, dos quais vemos tudo, até o rosto.

Vi o anjo acima do santo: não apenas seu dedo e seu olhar convidam o santo ao céu e o espectador à volúpia, mas toda a sua carne e o drapeado que a cobre nos convidam a penetrar seu corpo assexuado e parecem murmurar: Precisamos voltar a falar dos corpos sutis, precisamos voltar a falar do sexo dos anjos.

89

Domingo, quatro horas da tarde

Continuo sentado na igreja. Olho para os quadros de longe. Não penso mais na pintura. Penso em você. Penso nas dezenas de vezes em que, durante os anos que vivemos juntos desde que estamos casados, você me perguntou: "Você não quer casar comigo de novo?".

90

Penso em ti. Pensei a noite inteira olhando para as estrelas e dei teu nome a uma cujo nome eu não sabia. Ela fica um pouco à direita e acima do Cinturão de Órion. Então converso com essa pequena Lou, transformada em estrela, e como ela palpita e seu brilho tem um pouco do brilho do teu olhar, ela me consolará infinitamente em noites claras como a de ontem.

91

Domingo, quatro e meia da tarde

Continuo sozinho diante de São Mateus.
Será que um dia você vai querer que eu case com você de novo?

92

Domingo, sete horas da noite

O que eu quis dizer com "criancices" (não lembro se foi o termo exato que usei ao telefone) foi apenas que os telefonemas e os SMS de vocês, as intermináveis conversas de vocês nos cafés, passam a impressão de duas crianças que, depois de dizerem um para o outro "duvideodó" (que você deixe sua mulher, seu marido, seus filhos), dizem "te amo justamente porque você não quer abandonar a família, te amo porque você é uma pessoa boa (portanto eu, que te amo e que digo a mesma coisa, sou uma pessoa boa)".

Cada vez que você me diz que a história de vocês acabou, imagino um dizendo ao outro: "Te amo, mas preciso te deixar (por causa de minha mulher, de meu marido, de meus filhos)".

Um diz "te amo, mas te deixo" e o outro responde "te amo e te deixo também".

Sim, imagino vocês se lembrando, quase alegremente, de suas famílias e dizendo um ao outro, com um sorriso nos lábios: "Vamos nos deixar". "Vamos nos deixar porque nos amamos." "Vamos nos deixar porque somos tão bons com aquelas duas pessoas que um dia amamos, que não amamos mais e que sofrem terrivelmente."

"Vamos nos deixar! Como somos bons!"

93

O céu está melancólico hoje, esta noite sem dúvida não verei a pequena estrela que tanto palpita e que chamei de Lou.
 Vou te mostrar essa estrela depois da guerra e olharemos para ela juntos.

94

Ele passou horas e horas na São Luís dos Franceses. Ficou sentado na nave e escreveu. Os turistas às vezes paravam perto dele e o contemplavam com a mesma indiferença com que contemplavam as obras de arte.

95

Domingo, sete e meia da noite

Não sei se a mulher dele detesta sua piedade tanto quanto eu detesto a tua.
Vocês se falam. Vocês se veem.
Vocês se falam e decidem não se falar mais. Vocês se veem e buscam uma maneira de não se verem mais.
Para vocês, segundo o que você me disse, essa foi a primeira "história", a primeira experiência daquilo que, acredito, todos chamam de amor "extraconjugal".
Lembro-me de um amigo que me dizia que, até meados do século XX, quando o homem era o único a trabalhar, o casal burguês funcionava graças à prostituição, e que desde que a mulher passou a trabalhar, o casal burguês segue existindo graças ao amor extraconjugal, institucionalizado, como a prostituição em bordéis e clubes de trocas de casais.
Vocês às vezes pensam em seu amor como um remédio para a sobrevivência de seus casamentos moribundos? Você às vezes sente um desprezo profundo pela forma de amor em que a fidelidade parece natural, na qual acreditamos juntos?
Não sei o que vocês dizem um ao outro. Quaisquer que sejam as palavras, a simples ideia de uma conversa entre vocês me é insuportável. Que vocês decidam o destino de minha vida, da vida de nossos filhos, o destino da maneira de amar em que acreditamos, você e eu, tão intensamente — a maneira de amar que nos

permitiria compartilhar tudo, que faria de nossas vidas uma só vida, que nos levaria alegremente a passar o resto de nossos dias juntos —, que vocês decidam, sozinhos, não apenas o meu futuro e o de nossos filhos, mas também o que pensarei para sempre sobre o amor, isso me é realmente insuportável.

96

Domingo, oito horas da noite

Há algumas semanas, talvez para me consolar, você me disse que o casamento dele não era como o nosso. Você me disse: eles não se amam mais. Você me disse: de todo modo, com ou sem a minha presença, ele vai deixá-la.
 O que dizer dessa diferença?
 Mesmo quando sinto menos amor de sua parte, mesmo nos piores momentos de meu ciúme, mesmo quando sinto que hoje nossa história acabou, nunca sinto que antes dele você já não me amava.

97

Os obuseiros miavam um amor moribundo
Os amores que se vão são mais doces que os outros

98

Domingo, oito e meia da noite

Parei. Não estou nem aí. Caminho por Roma e meu passado ressurge, e volto a existir. Os fantasmas aparecem uns depois dos outros. Passo na frente de um café, na Piazza Barberini, e me lembro da imensa tristeza de uma conversa com Lida, a noiva de Paolo, há muito tempo, mas não sei mais quais eram as circunstâncias do encontro, qual era o assunto da conversa, quais eram os motivos da tristeza. Passo na frente de um hotel perto do Panteão e me lembro de ter dormido ali, poucos anos depois; mas não sei mais se foi com Gon no verão da briga na barraca da pescaria ou com Hervé no primeiro ano da primeira desilusão, a caminho de Nápoles. Passo pela Via della Pilotta e me lembro de ter percorrido esse mesmo caminho, de ter passado sob essas mesmas arcadas, há exatos vinte anos, loucamente apaixonado por Marie í Dali, enquanto caminhávamos num passo leve para ouvir Così fan tutte *numa igreja perdida passando o Coliseu.*

Lembro-me de meu passado e tento esquecer você. E quase consigo, até que de repente, lembrando-me de Marie í Dali, percebo que o rosto dela e o seu formam um só, como se não houvesse mais diferença entre meu presente e minhas lembranças — como se você fosse todos os meus amores, como se você fosse todo o meu passado.

99

Depois de caminhar por bastante tempo, encontrou-se com Daniel e jantaram num restaurante que ele frequentava, ano sim, ano não, havia mais de vinte anos.

Falaram pouco. Daniel precisava voltar para Paris no dia seguinte, insistiu para que voltassem juntos.

Ele hesitou. Olhou para Daniel. Não respondeu. Não conseguia responder. Sabia que, se ficasse, estaria ainda mais sozinho. Sabia que, se ficasse, teria ainda mais medo. Mas ainda pensava que esse era um momento de sua vida em que não podia nem evitar sua solidão nem fugir de seus temores.

Como esperava, Daniel o deixou decidir sozinho. Ou melhor, deixou-o com sua terrível indecisão.

Eles saíram do restaurante. Caminharam um pouco juntos. E depois se separaram: Daniel foi dormir, na Trastevere, ele continuou sua eterna errância por Roma.

100

Ele chorou. Ele escreveu.

Chorou de novo. Escreveu de novo.

Caminhou a noite toda. Percorreu ruas familiares até as pernas não o sustentarem mais.

Pensou que sua vida não havia mudado: vinte anos antes, quando Philippine começara a partir, ele tinha caminhado, escrito e chorado por essas mesmas ruas escuras.

101

Talvez amasses melhor se me amasses, mas talvez não amasses mais.

102

Ele a tinha amado. Amado absolutamente. Terrivelmente. Amado com a certeza de que nunca mais haveria outra mulher, outro amor. Tivera certeza do amor dela, do amor deles. Certeza de que aquele amor era sua vida, sua vida não apenas para sempre, mas sua vida profundamente: a única vida que ele tinha a viver neste mundo.

Tivera certeza de que aquele amor lhe proporcionaria, por toda a vida, uma divisão equilibrada (talvez egoísta, sem dúvida egoísta, mas equilibrada) entre a frivolidade e a ascese, entre a sensualidade e o intelecto, entre a vida — ela, os meninos — e a morte — a leitura, a escrita.

Ter acreditado que essa divisão era possível — que o dom de sua pessoa, de sua melancolia, podia estar à altura do dom da pessoa dela, de sua leveza — tinha sido o erro mais grosseiro que ele cometera.

De repente, tudo havia se despedaçado: uma única e primeira mentira bastara para despedaçar tudo da maneira mais brusca, mais violenta, mais desesperadora. Tudo, absolutamente tudo, se tornara falso: o amor deles não era mais amor, a casa deles não era mais uma casa, os filhos deles — sim, até os filhos — não eram mais filhos *deles*.

Sua vida não era mais sua vida.

E quando ela lhe dizia que, nessa destruição total, definitiva, sentia que voltava a ser ela mesma, quando ela lhe dizia que finalmente voltava a ser ela mesma porque estava longe dele, ele sentia não apenas que por causa dessa distância ele não era ele mesmo, mas também, mais simplesmente, que por causa dela ele não era e nunca mais seria ninguém.

103

Ó Lou, tudo dorme

Escrevo sozinho à luz tremulante
De uma fogueira
De tempos em tempos um obuseiro se lamenta
E às vezes

É o galope de um cavaleiro que passa

104

Seus passos o levaram de novo ao Ghetto. Diante da Via del Portico d'Ottavia, lembrou-se de um passeio feito dez anos antes. Ele morava na Villa. Na véspera, vira no jornal um pequeno anúncio de uma Vespa à venda. Nenhum número de telefone o acompanhava: apenas um endereço de um bairro afastado. Na manhã seguinte, ele fora a Garbatella. Era a primeira vez que ia a esse bairro distante. Era uma época em que raramente se ia *fuori muri*. Um senhorzinho lhe mostrara a Vespa branca comprada em Pisa em 1967 e dirigida por ele até ali. Havia lhe dito que levara um dia inteiro para vir de Pisa a Roma.

Ele tinha pagado algumas centenas de milhares de liras pela Vespa e ido embora com ela. Era a primeira vez que andava de Vespa em Roma. Depois da Pirâmide, subira o Aventino. Passara pela Bocca della Verità e, atravessando o cais, entrara na passagem minúscula, reservada aos pedestres, que contorna o Teatro di Marcello. Tivera um dia radiante.

Sozinho na noite, diante dessa lembrança feliz, ele sorriu. Sorriu tanto que uma pequena risada lhe escapou da boca. Olhou para a noite deserta e se deixou levar pelo riso como uma criança.

Caminhou mais um pouco, mas num passo diferente. Chegou perto da fonte das tartarugas e se sentou. Olhou para as tartarugas e para as crianças e pensou: mais uma longa noite para meu sofrimento.

Por mais estranho que possa parecer, pensou: *que sorte.*

105

A guerra, em suma, está durando como eu havia pensado, e ela dura demais, para dizer a verdade. Muitas coisas mudaram desde o início. Então era de esperar que durasse. Hoje ocorre ao mais simples bom senso desejar que ela não dure.

Não obstante tão bizarras singularidades, minha alegria aumenta a cada dia e me seguro com todas as minhas forças para não cair na gargalhada, com o riso mais doloroso que se conhece.

106

Domingo ou segunda-feira, em plena noite

Vou ficar aqui, sem dúvida. Vou esperar que Roma fale comigo. Que na lenta penumbra rosa de suas noites eu ouça alguma palavra diáfana para saber, enfim, o que devo fazer.
Não tenho mais futuro.
A vida sem você me é indiferente.
Vou ficar aqui e esperar até que as ruas de Roma, como as de Buenos Aires e as praias de Cabo Polonio de vinte anos atrás, me lembrem vagamente de quem sou.

107

De repente, ele se lembrou de seu vestido preto, o que ela tinha usado no baile dos bombeiros na primeira noite em que eles caminharam juntos por Paris. Ele se lembrou do primeiro encontro deles como namorados na Cour Carré do Louvre. Ele se lembrou de seu quarto — que ainda não era *seu* quarto. Ele se lembrou de seu corpo — que ainda não era dele.

Desde que sofria, desde que a bola de ferro e enxofre surgira em seu ventre, na maior parte do tempo ele só se lembrava deles depois do nascimento dos meninos.

Por que essa lembrança remota de repente voltara à sua mente?

Ele deixara a mão roçar o mármore e tivera a impressão de voltar a tocar aquele vestido que ela não usava havia anos. Era a lembrança de um momento feliz, mas era uma lembrança menos dolorosa que a dos meninos e a do amor deles depois dos nascimentos. Ela parecia vinda de outro passado, de um passado no qual, até essa noite, ele se proibira de pensar. Fora preciso uma longa noite de caminhada por Roma para reencontrar aquele passado perdido.

Ele não parou de caminhar. Não parou de escrever. Não parou de sofrer. Mas sentiu um alívio profundo quando entendeu que aquele passado distante com ela também havia existido — que aquele passado *também* sobreviveria ao fim do amor deles.

108

Ele passou alguns minutos ou algumas horas sentado diante da fonte. Contemplou interminavelmente a leveza das crianças brincado com as tartarugas como se a noite não existisse, como se a noite nunca tivesse existido. Lembrava-se vagamente de que Bernini acrescentara as tartarugas à obra de um escultor anterior cujo nome ele ignorava. Obcecado pelo olhar das crianças, perguntou-se se Bernini, antes de acrescentar as tartarugas, havia contemplado a fonte à noite e pensado, como ele pensava nesse momento, que a noite, para as crianças, pela simples companhia daquele animal, podia ser uma inesgotável fonte de medo.

Ele olhou para as crianças e para as tartarugas: a velhice destas, a juventude daquelas — a ternura compartilhada no bronze, onde o tempo não existe.

Ele também pensou em *suas* crianças, claro. Pensou que, assim como todas as noites são uma única e mesma noite, todas as crianças são, sempre, um único e mesmo incontornável enigma que cabe em uma palavra: infância.

Então ele se levantou e continuou a caminhar.

Perdera o medo. Não apenas sua dor, também sua felicidade era mais forte que seu medo.

Ele caminhava e não pensava mais: sentia a despreocupação de cada um de seus passos.

Ele caminhava e ria em um passo, chorava em outro.

Ele caminhava e nem suas lágrimas nem seu riso doloroso o faziam sofrer.

109

Pequena flor, serei o sol que queres que eu seja. O sol fecunda as flores. — Não quero que fiques desamparada e nunca partirei, nunca, sempre estarei junto a ti, para te consolar quando ficares triste, para te defender se quiserem te fazer mal, para te ajudar a caminhar se estiveres cansada, para te embalar suavemente quando quiseres, e tomarei tua boca doce e apaixonadamente em longos beijos quando precisares de meu carinho, quando estiveres desencantada de amores menos ternos, menos duradouros, menos certos.

Quando precisares de um coração que esteja sempre aqui como uma sentinela diante de uma ponte.

Pequena Lou, nunca partirei de tua vida que amo mais que a minha...

110

Ele continuou caminhando pela noite numerosa. Foi até a Piazza del Popolo pela Via di Ripetta e voltou devagar pela Via del Babuino.

Ele caminhou e se perguntou por que sua solidão e por que seu sofrimento eram tão vivos.

Ele caminhou e pensou: nunca vivi tanto quanto nesses poucos dias em que a morte me acompanhou a cada passo.

Ele caminhou e pensou: a verdadeira felicidade, a única real felicidade, existe quando a felicidade mais extrema coexiste com a infelicidade mais extrema.

Ele caminhou e pensou: a verdadeira infelicidade é o meio.

E foi isso que ela me impediu de viver.

III

Segunda-feira, ao alvorecer

O que talvez lhe pareça mais estranho é que penso nele, que mal conheço, com uma espécie de ternura. Sinto por ele muito mais a fraternidade que nasce naturalmente do amor compartilhado por uma mesma pessoa do que a rivalidade à qual o desejo de possuir a mesma mulher obriga.

Sim, eu não saberia dizer por quê, mas a ternura que sinto por ele é muito mais forte que o ódio.

Às vezes, inclusive, não odeio nem ele nem você: penso no amor de vocês e ele me lembra o nosso.

112

A noite
Acaba
E Gui
Persegue
Seu sonho
Onde tudo
É Lou
Estamos em guerra
Mas Gui
Não pensa nisso
A noite
Estrela-se e a palha doura-se:
Ele pensa Naquela que ele adora

113

Ao alvorecer, chegando à Villa, ele decidiu, mais uma vez, percorrer os jardins.

Seus passos logo o levaram ao exato lugar onde ele sabia que teria Roma, insubmissa, a seus pés. Ele contemplou a cidade eterna. O sol mal acariciava os telhados. A noite ainda aprisionava as ruas escuras em sua penumbra brumosa. Um bando de pássaros ia e vinha no céu e brilhava intermitentemente ao sol, como a longa cauda de fogo de um dragão chinês. O duelo verbal dos grilos chegava ao ponto alto: eles pareciam debater com alegria assuntos muito sérios. O ar estava impregnado de um frescor de pinho e orvalho. A cidade parecia aumentar, brotar do fundo dos tempos na direção de um futuro magnífico. Ao pé da Villa, descendo para a Via Margutta, os jardins se escalonavam, compondo uma pequena sonata de notas castanhas e verdes; um pouco adiante, estendia-se o coração simbólico da cidade mineral onde às vezes se elevava a voz grave de uma cúpula, outras vezes, a voz aguda de um campanário. Virgílio e Horácio passeavam em algum ponto de suas ruas melancólicas.

Ele olhou para Roma demoradamente. A vista estava à altura daquilo que sempre fora: de fato bela, de fato nova.

Ela era, de novo, a vista inelutável que ele tanto amara.

114

O que havia acontecido durante aquela noite múltipla? Ele era incapaz de dizer.

Ele caminhara. Chorara. Escrevera.

E reencontrara lembranças mais distantes do que as que haviam atormentado, como assustadores espectros, sua breve viagem pela Itália.

115

Eu sou brigadeiro, uns pescam, outros fazem anéis, outros fazem amor, e mil outras coisas mais. A estratégia está no auge. Pronto, essas são as últimas novidades da guerra.

O que mais dizer, a região aqui se revela sob seus aspectos chuvosos. É revigorante. As moscas passaram para a categoria de tenores e não param de cantar. Há até ratos de pernas curtas. O falcão pegou um e o matou. Mas a caçada não parece interessá-lo. Falta ao pobre-diabo uma fêmea e nessa região perdida as únicas aves de rapina são os boches, que no fim das contas talvez nem existam.

116

Ele subiu a seu quarto, deitou na cama e pensou nos filhos. Pensou na maneira como o filho mais novo, assim que o visse, correria na sua direção e pularia em seus braços. Pensou na maneira como o filho mais velho fingiria ignorá-lo para mostrar que estava zangado. Pensou na maneira como ele rapidamente esqueceria que estava zangado — pulando em seus braços por sua vez. Pensou nas risadas deles, nos olhares deles. E decidiu voltar.

Dormiu algumas horas. Acordou. Arrumou a mala. Pegou um táxi. Foi para o aeroporto. Pegou o primeiro voo para Paris.

117

Bem no início de seu amor, eles tinham passado alguns dias na casa dos pais dela, em Oppède. Era início do outono: o sol ainda estava quente e o Luberon, deserto.

Eles raramente saíam de casa: a própria ideia de sair, de ir ao vilarejo, de caminhar pelas ruelas lhes parecia ridícula. Por que obrigar seus corpos a se manterem separados um do outro, mesmo que alguns centímetros?

Então ficaram colados, na cama, na imensa banheira, na beira da piscina. Estavam tão próximos um do outro, tão parecidos, tão diferentes, que fazer ou não fazer amor dava na mesma: no toque fundamental de suas carnes, na troca fundamental de suas peles, tudo era sexual, e nada era sexuado.

118

Minha primorosa Lou não é minha, a bateria dorme na hora do meio-dia. As nuvens de moscas esverdeadas zunem sobre o mistério das terras remexidas, inquietante e doentio, e minha lúcida indiferença percorre como um olhar de fantasma as eras e eras, sombrias ou esplêndidas.

119

Ele voltara a Roma para se encontrar, para encontrar o homem que tinha sido, quem quer que ele fosse, a quem poderia confiar o dever de continuar existindo. Mas o que encontrara era bem diferente do que procurava: ele havia procurado, através das *longas gerações de si mesmo,* um ser fixo ao qual se agarrar, mas só encontrara seres cambiantes, instáveis, inapreensíveis, compostos de mil elementos heterogêneos, feios, bonitos, úteis, inúteis, verdadeiros — e falsos. Ele encontrara o que todo homem que procura a si mesmo talvez seja: um perpétuo vaivém entre um presente incerto e as ilusórias certezas perdidas do passado. Encontrara o que talvez todos sejamos: o lugar em que sem cessar naufraga o desejo de separar definitivamente o bem do mal, a felicidade da infelicidade, o falso do verdadeiro.

Essa descoberta não o tinha tranquilizado nem um pouco, mas ao menos lhe permitira compreender que podia voltar. Ele não dava muita importância ao desenlace de sua história: que ela o amasse ou não o amasse mais, ele sabia o quanto ainda a amava — e o que ela lhe proporcionara, fazendo-o sofrer tanto, parecia tão importante quanto o que ela lhe dera por anos, enchendo-o de alegria.

120

Segunda-feira, duas horas da tarde

Volto para você como voltamos para o lar. Não tenho perdão a pedir. Não tenho perdão a conceder. Volto para junto de você para ser aquele que sou — um, mil — e para amá-la tal qual você sempre foi: boa e má, adorável e odiável, perdoável e imperdoável.

121

Ele chegou a Paris no início da tarde. Pegou um táxi e desceu a algumas centenas de metros de casa. Queria caminhar e refletir sobre o que faria, sobre o que diria: sobre o que diria a ela, sobre o que diria aos meninos.

Ele caminhou por um longo tempo: assim que se aproximava de casa, sentia medo e se afastava de novo. Ele caminhava para pensar, mas não conseguia pensar. Ele caminhava e evitava que seus pés tocassem as linhas. Brincava sozinho daquilo que tanto brincara vinte anos antes, mas também recentemente, a caminho da escola, com os filhos.

Ele pensava que se não caminhasse sobre nenhuma linha, ela o amaria de novo. Ele pensava que se caminhasse sobre uma linha, ela o abandonaria para sempre.

Ele caminhou e caminhou. Caminhou das quatro horas da tarde às nove da noite. Às vezes, para evitar as linhas, era obrigado a fazer grandes desvios, ou dar grandes saltos; às vezes, dava passos minúsculos, colocando a ponta dos pés no centro do quadradinho das pedras do calçamento. A brincadeira absorvia toda a sua atenção. Mais nada existia.

Quando finalmente entrou no prédio, depois de caminhar por cinco horas sem que os pés tocassem nenhuma linha, estava convencido de que ela o amaria de novo.

122

Antes de partir para a Itália, ele tentara pesar os prós e os contras. Tentara pôr sua dor e sua alegria numa balança. Acreditara que, pendendo para um lado ou para o outro, a balança lhe indicaria a conduta a ser seguida: abandoná-la, abandonar os filhos, abandonar a si mesmo se a dor fosse mais forte; ficar, amá-la, amar os filhos, tentar amar a si mesmo de novo se a alegria, apesar de tudo, prevalecesse.

Depois da última noite em Roma, ele sabia que, em sua vida futura, nunca mais tentaria separar a felicidade da infelicidade.

Depois da última noite em Roma, ele se considerava o mais sortudo e o mais desesperado dos homens. Em seu coração, por alguns dias na Itália, alternaram-se os mais doces e os mais aterradores sentimentos. Ele vivera com tanta intensidade que quase diariamente sua cabeça explodia, se desintegrava e se recompunha de novo *várias vezes por dia*.

123

Vi, hoje, numa esquina da velha Nîmes, este anúncio singular em letras garrafais: A CASA PLATÃO NÃO TEM SUCURSAL.

124

Ele subiu as escadas. Abriu a porta do apartamento. Atravessou o corredor escuro em silêncio e entrou no quarto dos meninos. Deitados de costas, com os braços para o alto, ao lado do rosto, eles dormiam. A serenidade do sono iluminado pela lâmpada do abajur era mais bonita, mais profunda e mais alegre que todas as corridas, que todas as risadas que ele imaginara. Ele beijou o filho mais velho. Ele beijou o filho mais novo. Embora não quisesse acordá-los, não conseguiu deixar de abraçá-los.

Ele saiu do quarto dos filhos e foi para a cozinha. A cozinha estava vazia. Ele foi para a sala. A sala estava vazia. Ele foi para o escritório. Olhou para sua mesa vazia e saiu. Ficou de pé no corredor na frente da porta fechada do quarto: a noite estava silenciosa, seu coração também.

Ficou olhando para a porta fechada em silêncio por bastante tempo. Ela lhe parecia tão sólida. Nenhum outro pensamento que não o da solidez daquela porta atravessava sua mente. Ele não se lembrava de nada. Não sentia nada. Não imaginava nada. Sem temores, sem esperança, girou a maçaneta, abriu a porta e entrou no quarto.

Ela não estava. O quarto estava vazio. A cama estava vazia. Ela não o esperava. Estaria com ele? O ferro e o enxofre reapareceram em seu ventre. E ele voltou a sentir dor. A dor era específica: a ferida, no fundo de suas entranhas, lhe parecia muito distinta. Uma queimadura ardente no vazio do vazio de seu ventre. Um talhe de bisturi onde lentamente derramavam suco de limão. Era uma dor pesada, mas fina: vertical — irradiante.

Era uma dor específica, que ocupava uma ínfima parte de seu corpo, mas se irradiava para todo o seu ser: barriga, tronco, braços, pernas, pescoço, cabeça, e também para lembranças, projetos — para o pensamento.

Ele olhou para o quarto. Olhou para a cômoda, olhou para o espelho, olhou para os quadros: tudo lhe parecia diferente.

Ele olhou para a janela: não era mais a mesma janela que ele abrira alguns dias antes e que o fizera pensar que é normal, quando a pessoa se mata, também matar os filhos.

Não era mais a mesma janela, mas ele a abriu. E pensou de novo em pular.

Ele olhou para o solo. Pensou em seu corpo sobre o solo. Nos ossos se desencaixando, quebrando, furando a pele. Mas aquele que ele mataria ao pular já estava morto. Quem era aquele que lhe sobreviveria, ele ainda não sabia.

Eu ainda não sabia. Mas sabia que alguma coisa ou alguém dentro de mim havia, mais uma vez, sobrevivido.

Virei-me para a mesa de cabeceira: os mesmos livros, o mesmo caderno. Alguma coisa familiar, finalmente. Pensei, de novo, que minha vida deveria se reduzir a procurar as palavras certas.

Peguei a caneta. Peguei o caderno. E escrevi.

De novo.

Não estou morto. Não estou vivo. Escrevo.

Ele soltou a caneta. Soltei a caneta. Ele soltou o caderno. Soltei o caderno. E olhei para a janela escura. De novo. Haveria outras palavras?

125

Aqui está, Amor, tudo que meu coração de amante pode te dizer, para então se fechar no silêncio.

Des jours que je n'ai pas oubliés © P.O.L. Éditeur, 2019

Todos os direitos desta edição reservados à Todavia.

Grafia atualizada segundo o Acordo Ortográfico da Língua Portuguesa de 1990, que entrou em vigor no Brasil em 2009.

capa
Fernanda Ficher
imagem de capa
Mary Catherine Messner/ EyeEm/ Getty Images
preparação
Cacilda Guerra
revisão
Tomoe Moroizumi
Renata Lopes Del Nero

Dados Internacionais de Catalogação na Publicação (CIP)

Amigorena, Santiago H. (1962-)
　Dias que não esqueci / Santiago H. Amigorena ; tradução Julia da Rosa Simões. — 1. ed. — São Paulo : Todavia, 2022.

　Título original: Des jours que je n'ai pas oubliés
　ISBN 978-65-5692-272-0

　1. Literatura francesa. 2. Romance. 3. Ficção.
I. Simões, Julia da Rosa. II. Título.

CDD 843

Índice para catálogo sistemático:
1. Literatura francesa : Romance 843

Bruna Heller — Bibliotecária — CRB 10/2348

todavia
Rua Luís Anhaia, 44
05433.020 São Paulo SP
T. 55 11. 3094 0500
www.todavialivros.com.br

fonte
Register*
papel
Pólen soft 80 g/m²
impressão
Geográfica